Next stop Love

L'auteur

Leah Konen est diplômée en journalisme et création littéraire de l'Université de Caroline du Nord. Elle a publié trois romans Young Adult adulte, *Next stop : Love* est le dernier en date. Elle vit à Brooklyn avec son mari et leur chien.

LEAH KONEN

Next stop love

Traduit de l'anglais (États-Unis)
par Alison Jacquet-Robert

POCKET JEUNESSE
PKJ·

Titre original :
Love and Other Train Wrecks

Publié pour la première fois en 2018
par Katherine Tegen Books,
an imprint of HarperCollins Publishers

Loi n° 49 956 du 16 juillet 1949 sur les publications
destinées à la jeunesse : février 2019

ISBN : 978-2-266-28408-0
Dépôt légal : février 2019

Pour ma sœur, Kimberly,
Ma toute première lectrice et fan.

PREMIÈRE PARTIE
LE TRAIN

AMMY

11 h 23

Le trajet n'est pas aussi romantique que je l'espérais. D'habitude, je ne suis pas fleur bleue, mais pour mon premier voyage en train, j'avais imaginé tout autre chose : un service à bord digne de l'*Orient-Express*, des passagers rêveurs, captivés par le paysage, d'autres cachés derrière des journaux grands ouverts, un contrôleur à la casquette vissée à bonne hauteur, des femmes élégantes et des hommes en costume... Comme dans les films des années cinquante.

J'ai regardé trop de films.

La vraie vie n'est pas comme ça. Et encore moins l'année qui vient de s'écouler.

Je longe la côte atlantique des États-Unis à bord d'un Amtrak, un train bien moins rapide que ses lignes racées le laissent penser. Les sièges tapissés d'un polyester bleu rêche arborent un imprimé qui doit dater d'avant ma naissance. Pas l'ombre d'un chariot de petite restauration. Aucune voiture-bar à l'horizon, alors que j'ai parcouru trois wagons.

Par la fenêtre, trente-six mille teintes de gris. Des parcelles de terre piquées d'herbe çà et là. Des bâtiments en béton et des usines qui semblent tout droit sortis d'un roman de Dickens – et je déteste Dickens. Une vraie friche industrielle. Je pose ma main sur la vitre glacée, qui contraste avec l'intérieur étouffant du train bondé.

Parmi les voyageurs, un type débraillé sort du lot. Il a l'air de ne pas avoir travaillé depuis des lustres, mais de vouloir porter encore un costard-cravate, comme Miss Havisham trimbalant éternellement sa vieille robe de mariée dans *Les Grandes Espérances.*

Pas une seule dame élégante en vue. La plupart des passagers sont habillés comme moi en jean et pull-over. Sans oublier l'écharpe, les gants et le bonnet, indispensables pour affronter le froid, mais superflus vu la chaleur ambiante.

Les gens sont absorbés par leur téléphone ou leur tablette. Le contrôleur porte bien une casquette, mais il est tellement désagréable qu'on comprend tout de suite qu'il aurait préféré être n'importe où ailleurs. Tout bien considéré, moi aussi.

Mon portable se met à sonner. Je me lève pour l'attraper dans mon sac à main. Du haut de mon mètre soixante-quinze, je manque de me cogner la tête au porte-bagages. Mon sac en cuir rouge, cadeau de mon père reçu trois jours *après* mon anniversaire, est coincé entre ma grosse valise à roulettes et trois ou quatre sacs en plastique *Century 21*, la chaîne de magasins dégriffés. Je tire dessus des deux mains et, bien sûr, ma valise glisse à son tour. Mon sac tombe à terre, mais j'ai réussi à retenir la valise.

Un homme d'âge mûr, assis en face de moi, me regarde avec dédain. Sa femme ne quitte pas les sacs en plastique des yeux ; elle craint sans doute pour ses emplettes.

La sonnerie s'arrête, alors que je tente toujours de remettre ma valise en place ; je la pose finalement sur le siège d'à côté.

Mon téléphone se remet à sonner. La femme devant moi fait volte-face, excédée.

— Vous comptez décrocher un jour ?

Dieu sait ce qu'elle transporte dans ces sacs pour être autant sur les nerfs. Les New-Yorkais sont-ils tous comme ça ?

Les passagers semblent à leur aise dans ce train. Sauf moi. Je n'avais pas prévu ce voyage. Jusqu'à ce que j'appelle Kat, ma future demi-sœur. Hier soir, j'étais même sûre à cent pour cent de ne pas y aller. C'est ce que j'avais décidé des mois plus tôt.

« Viens passer la semaine avec nous. Sinon, tu risques de le regretter. Ce sera facile », m'a rabâché Kat.

Ce n'est pas facile du tout.

Je finis par mettre la main sur mon portable, coincé entre *Madame Bovary* et *La Ballade de l'impossible* de Murakami. Comme je m'en doutais, c'est Kat. La seule personne de mon âge qui préfère appeler plutôt que d'envoyer un texto.

— Salut, je chuchote, sentant mon pouls s'accélérer dès que j'ouvre la bouche.

— Dis moi que ton message n'était pas un bobard et que tu es dans le train ! s'exclame-t-elle avec la voix d'une poupée Barbie survoltée.

— Je suis dans le train, je réponds plus fort.

La femme devant moi tourne de nouveau la tête.

Kat pousse un cri hystérique et j'écarte le téléphone de mon oreille.

— Oh ! là, là ! Je suis tellement contente ! Tu m'enlèves littéralement une épine du pied. Je sens que cette journée va être un désastre.

En temps normal, j'en profiterais pour lui expliquer la différence entre *littéralement* et *métaphoriquement*, mais je suis trop préoccupée par ce que m'a dit ma mère ce matin.

« Comment oses-tu me laisser seule aujourd'hui ? Le jour où ton père se remarie ? »

Quel que soit le « désastre » que Kat pense devoir affronter – la robe de Sophie ou la coiffure de Béa ? –, ce n'est rien comparé à mes dernières vingt-quatre heures. Je lui fais simplement remarquer :

— Tu sais que je ne saute pas de joie à l'idée de ce mariage, hein ?

— Sans blague ! Moi non plus. Mais quand même, ton père sera heureux. Il a broyé du noir toute la semaine. Tu lui manques.

Je lève les yeux au ciel et ravale un petit rire désabusé. C'est ça. Je suis sûre, alors qu'il est sur le point d'épouser une prof de yoga sexy de dix ans sa cadette, qu'il n'a que moi à l'esprit en ce moment. Moi, Ammy, sa fille, qu'il a abandonnée.

Je n'ai jamais été une priorité pour lui ; à présent, je ne suis plus qu'une note de bas de page dans le nouveau roman de sa vie, un vestige du passé. C'est d'ailleurs Kat qui m'a la première informée de cette maudite cérémonie.

— Tu arrives quand ? me demande-t-elle.

— À une heure et demie. Tu viens toujours me chercher ?

— Bien sûr. À la gare d'Hudson ?

— Oui.

— Super. Au fait, j'ai annoncé à Béa que tu venais, mais c'est tout.

— Tu ne devais le dire à personne ! Je voulais faire la surprise.

— C'est ma *sœur*. Ta future demi-sœur… Elle ne dira rien, et elle est excitée comme une puce.

La réponse de Kat me fend le cœur. *Future demi-sœur.* C'est tout d'un coup très réel. Béa et Kat sur leur trente et un. Sophie, ma future belle-mère, dans une tenue bobo ivoire. Mon père déclarant son amour éternel à une femme qui n'est pas ma mère.

L'espace d'une seconde, je m'imagine courir dans le couloir du compartiment, tirer la sonnette d'alarme et rentrer en Virginie pour me jeter dans les bras de ma mère, lui dire que je suis désolée et que je suis de son côté, quoi qu'il arrive.

Mais à quoi bon faire marche arrière ? Le lien entre ma mère et moi s'est déjà distendu.

— J'ai hâte de vous voir toutes les deux, je finis par dire.

— Bon, faut que j'aille aider ma mère à repasser sa fichue robe. À plus.

Comme toujours, Kat raccroche avant que je n'aie pu ajouter quoi que ce soit.

Je regrette de ne pas lui avoir avoué à quel point j'ai peur d'avoir pris la mauvaise décision, peur que ma mère ne me pardonne pas d'y être allée, peur que mon père ne veuille pas vraiment de moi là-bas, peur que sa nouvelle famille lui suffise… Je secoue la tête pour chasser ces pensées.

Je me retiens de consulter mes messages ; je n'ai surtout pas besoin de me replonger dans la conversation avec maman.

À la place, je vais sur les réseaux sociaux, où les uns et les autres ont posté leurs photos de vacances. Dara et son frère dans l'avion en partance pour Universal Studios. La fille la plus intelligente du lycée qui revient d'une virée en Caroline du Sud. Je ressens l'habituel pincement de jalousie.

Au fond, je sais que papa sera content de me voir. C'est important pour lui que j'assiste à son mariage. Du moins, c'est ce qu'il m'a dit au téléphone le mois dernier. Mais ça se passerait tout aussi bien si je n'étais pas là. Je ne suis plus sa seule famille. Et ça fait mal.

Je regarde par la fenêtre, à la recherche d'une éclaircie dans ce paysage sinistre, or je ne distingue plus que des graffitis sur les parois du tunnel qui nous a engloutis.

On doit être arrivés à Penn Station, à Manhattan. Je ne m'en étais même pas aperçue. Je colle mon front contre la vitre froide et couverte de buée. J'entends le bruit des portes qui s'ouvrent et des pas qui approchent.

Je ferme les yeux. Je veux dormir jusqu'à mon arrivée, ne plus penser à rien. Je veux être à demain et que cette horrible journée soit terminée. Je veux être assise dans la chambre de Kat en train de visionner de vieux épisodes de *Friends* en décidant quel restaurant d'Hudson hors de prix nous allons tester pour le brunch.

Une voix s'élève tout à coup, impatiente :

— Pardon. *Pardon*. Je peux m'asseoir ?

NOAH

11 h 29

Ça se voit tout de suite quand quelqu'un n'a jamais pris le train. En temps normal, je propose mon aide, j'indique où se trouve la voiture-bar et je déconseille les wraps au poulet. C'est plutôt amusant. Mais aujourd'hui, je suis trop stressé pour ça. Trop préoccupé par Rina.

Le train est étonnamment bondé pour un midi. Je suppose que beaucoup de personnes sont encore en vacances, comme moi, même si on est déjà le 3 janvier.

La fille semble à moitié endormie, appuyée contre la vitre.

Je désigne sa valise du doigt ; c'est ce qui la trahit. L'erreur de débutante.

— Le train est plein. Il faut que tu l'enlèves.

— Oh ! répond-elle. D'accord.

Elle se lève. Je pose le bouquet de fleurs sur le siège pour l'aider à hisser sa valise. Une légère odeur de menthe se dégage de ses cheveux bruns au carré.

— C'est bon, lâche-t-elle d'un ton sec en poussant sa valise sur le porte-bagages.

— Merci. Ce sont les tiens ? je demande en désignant les trois sacs *Century 21*.

Elle secoue la tête. Je ne suis pas vraiment surpris ; elle n'a pas l'air du style à passer son temps à fouiller dans des bacs de fringues dégriffées. Je pousse les sacs afin de caser mon sac à dos. La dame en face de nous me lance un regard mauvais mais elle connaît suffisamment les règles à bord pour ne pas protester. Je m'assieds, mon bouquet sur les genoux.

La fille observe les fleurs mais ne dit rien.

Certaines sont légèrement abîmées. Rina va-t-elle s'en rendre compte ? Oui. Est-ce grave ? J'espère que non.

La fille a son billet dans la main. Elle porte un pull kaki ample et un jean délavé. Elle paraît studieuse ; elle va probablement visiter le campus de Bard, la fac de lettres et de sciences sociales à côté de ma ville natale.

Rina s'est souvent plainte des étudiants de Bard qui fréquentaient le restaurant où elle a travaillé l'été, il y a deux ans. Elle trouvait qu'ils se prenaient tous pour le nombril du monde avec leurs discussions d'intellos.

En revanche, elle adore les New-Yorkais, qui sont, à mon avis, tout aussi prétentieux. C'est en partie pour ça que j'ai ajouté Hunter College, dans l'Upper East Side, à ma liste de vœux l'an dernier, et que j'ai finalement décidé d'y aller. Les étudiants de Bard ne m'ont pourtant jamais dérangé, moi.

Rina est une citadine dans l'âme, bien qu'elle ait grandi en province. Elle adore rendre visite à son père à New York, se perdre dans Chinatown pour dénicher des trucs bon marché et déguster des *bao* bien collants. Elle flâne à *Century 21* et remplit des sacs entiers de fringues dégriffées qui, j'avoue, lui vont bien.

C'est elle qui m'a accompagné à mes premières visites à Hunter College, quand mes parents étaient trop absorbés par leurs problèmes. Elle, encore, qui m'a convaincu que ma vie pouvait être vraiment géniale à Manhattan.

Je caresse un pétale flétri. Ça ira. Enfin, j'espère.

Ma voisine est plongée à présent dans un roman de Murakami. Une étudiante de Bard, aucun doute là-dessus.

Honnêtement, je crois que le vrai problème de Rina avec Bard, c'est que c'est trop proche de chez elle. Ce ne serait pas un assez grand saut.

Indépendamment du prix excessif de Bard, sans Rina, j'aurais probablement accepté de rester. Mais contrairement à moi, elle a besoin d'aventure. Au bout d'un mois, elle connaîtra New York comme sa poche. Elle est du genre à emprunter une rue qu'elle ne connaît pas sans hésiter.

Moi, je doute. C'est pour ça que je l'ai perdue. Mais ce voyage va tout arranger.

Après avoir glissé mon bouquet dans le porte-revues à l'avant, je retire ma veste et je regarde autour de moi. De l'autre côté de l'allée centrale, un type vêtu d'un costume ringard pianote sur un ordinateur préhistorique.

Je sors ma liseuse de mon sac. C'est déjà la troisième fois depuis la rentrée que je fais le trajet entre ma résidence universitaire déprimante et le ranch de mes parents à Lorenz Park, aux abords d'Hudson. Mais cette fois, je n'y vais pas pour eux.

J'essaie de me concentrer sur les mots à l'écran, mais les lettres se brouillent devant mes yeux. Je ne peux pas me sortir Rina de la tête.

La fille à côté de moi semble tout aussi distraite. Un doigt posé sur son livre en guise de marque-page, elle gigote en soupirant bruyamment comme pour trouver une position confortable. Elle croise mon regard et se détourne.

— Drôlement romantique, ce trajet, hein ? je lui lance.

Elle arrête de tripoter son livre et me fixe droit dans les yeux.

— Euh, quoi ?

C'était une boutade. La première fois que j'ai pris le train, je ne m'attendais pas à cette odeur de transpiration et à ces sièges inconfortables.

La fille semble surprise.

— C'est la première fois que tu prends l'Amtrak ? j'ajoute d'un ton enjoué.

Elle se mord la lèvre et croise les bras. Ses yeux larges, trop écartés, lui donnent un air ahuri, tandis que son menton se termine presque en pointe, comme un cœur en colère. Ses traits sont acérés, à l'opposé de ceux de Rina, si jolie avec son visage rond, entouré de cheveux châtains ondulés, et sa lèvre inférieure boudeuse quand elle veut quelque chose.

— Qu'est-ce que ça peut te faire ?

Je ris. On dirait une vraie New-Yorkaise, même si son accent et son comportement à bord affirment le contraire.

— Désolé. C'était juste pour parler un peu.

Elle lève les yeux au ciel et me tourne le dos.

Je me penche de nouveau sur ma liseuse. Je suis toujours incapable de me concentrer, si bien que je la repose, me rabats sur mon téléphone et ouvre ma messagerie.

Je meurs d'envie d'envoyer un texto à Rina. Mais pour lui dire quoi ?

Hé ! J'arrive chez toi ce soir pour te reconquérir. T'es dans le coin ?

Comment ça va ? Ça fait un bail !

Est-ce que tu penses à moi ? Je pense à toi tout le temps…

Je referme ma messagerie. Il faut que je lui parle en personne et que je m'en tienne à mon plan.

J'adorerais pouvoir l'espionner sur Facebook ou Instagram, m'assurer qu'elle n'a pas de nouveau copain, même si Cassie a affirmé à Danny que Rina était célibataire. J'aimerais voir une photo récente d'elle, mais elle m'a bloqué partout l'été dernier, après notre rupture.

Apparemment, Cassie a aussi dit que je lui manquais, parfois.

Je tombe sur un selfie de mes parents sur le bateau aux Bermudes. Je leur en veux encore un peu de m'avoir laissé en plan cette année pour les vacances. Noël n'est pas sacré pour moi, vu que ma famille est de confession juive, mais j'ai toujours adoré notre faux sapin miniature et ses guirlandes lumineuses.

Je suis heureux en tout cas que mes parents aient mis un terme à leur brève séparation et que mon père soit revenu à la maison. Pour autant, je ne suis pas certain qu'une croisière de douze jours pour « raviver la flamme » était indispensable. Ils ont cassé leur tirelire, alors que j'ai dû me serrer la ceinture le semestre dernier, malgré ma petite bourse, mon job et mes prêts étudiant. S'ils ne peuvent plus m'aider à payer mes bouquins et ma chambre, ça risque d'être compliqué.

À vrai dire, je n'étais pas complètement seul pour les vacances. Alex, mon coloc à Hunter, m'a invité à passer quelques jours dans le loft m'as-tu-vu de ses parents à Dumbo, au nord de Brooklyn. C'était marrant de voir le côté chic de la ville. On a mangé du saumon fumé le matin de Noël et du homard le soir.

J'aurais pourtant préféré être à Lorenz Park avec ma mère et mon père, à déballer des cadeaux sous l'arbre avant de commander des plats chinois.

Et avec Rina.

Au fond, je devrais remercier mes parents. C'est leur voyage qui m'a fait comprendre à quel point Rina me manque. Il m'a rappelé aussi que, parfois, les gens qui se séparent peuvent se remettre ensemble. Ça arrive quand deux personnes s'aiment.

Je jette un coup d'œil par la fenêtre : la silhouette des gratte-ciel s'éloigne de plus en plus, laissant place à l'affreuse banlieue de Yonkers.

Je ressors ma liseuse. Plus de batterie.

— Merde, dis-je à voix basse.

La fille tourne la tête et me lance un regard narquois.

— Tu sais, ce qu'il y a de bien avec les livres, c'est qu'on n'a pas besoin de les recharger.

AMMY

11 h 45

Mon voisin me jette un regard niais, typique des beaux gosses. Comme si les garçons dans son genre étaient tellement habitués à plaire que ça finissait par figer leurs traits parfaits. Je ne sais pas s'il est surpris de mon désintérêt pour sa personne, mais je m'en moque. Il l'a bien mérité après son commentaire (sexiste ?) sur mes attentes irréalistes. Commentaire qui m'a d'autant plus énervée qu'il a tapé dans le mille… Mais pas question de le lui dire.

Dehors, la friche industrielle a laissé place à un ciel gris pâle et à des arbres nus, ponctués d'affreux bâtiments couverts de graffitis. J'aperçois New York au loin. Je dois bien admettre que la vue est superbe.

Mon voisin m'observe toujours d'un air absent après ma remarque cinglante. Peau mate et cheveux bouclés, il porte le maillot d'une équipe de football américain, un jean foncé et une veste matelassée orange fluo. Son sac en bandoulière kaki est orné d'un badge à l'effigie de Taylor Swift. Bizarre. Il doit étudier le commerce ou une matière au ras des pâquerettes.

Un bouquet de roses roses (tu parles d'un cliché !) est glissé dans le porte-revues devant lui. Il le destine probablement à l'étudiante nunuche qui a craqué pour lui ce mois-ci.

Je tapote la couverture de *La Ballade de l'impossible* et j'ajoute :

— Je disais juste que les *vrais* livres sont plus fiables. Tu devrais essayer.

Il éclate de rire.

— Oh ! *Vraiment* ? répond-il avec un grand sourire.

Il a tout du crâneur : sportif, saoulant, sans intérêt. Et à en juger par son bouquet de roses, il doit se prendre pour un « type bien ». Il pense sûrement que parce qu'il a lu *Comment draguer en dix leçons*, tout va marcher comme sur des roulettes. Il ignore que le romantisme ne sert plus à rien puisque les histoires d'amour finissent toujours mal. Même quand les gens sont soi-disant faits l'un pour l'autre. Je suis bien placée pour le savoir.

Dara et Simone me trouvent cynique. Les parents de Dara se sont séparés, eux aussi, mais elle croit encore à l'amour. Simone, elle, comprend mon amertume, mais me répète aussi que beaucoup d'enfants de divorcés parviennent à être heureux en couple.

Elles ne se rendent pas compte. Ce n'était pas une simple séparation. Quand les parents de Dara étaient encore ensemble, ils étaient tout le temps malheureux. Mais pas les miens. Et quand ça s'arrête aussi brutalement, c'est dur de s'en remettre.

Monsieur Sportif continue de me sourire. Il s'imagine que je vais battre des cils ou quoi ? Il penche la tête et demande :

— Murakami ?

— Oui. Tu connais, quand même ?

— Aïe.

Je hausse les épaules. Je ne sais même pas pourquoi je suis aussi hargneuse, mais la vue de son bouquet attise ma colère. Sophie adore les roses. Il y en avait plein sur cette ridicule invitation à leur mariage.

— Tu lis quoi, toi, *Da Vinci Code*, je parie ?

Va-t-il comprendre que c'est une vanne ? On ne sait jamais. Cette année, un type de mon cours d'anglais a demandé s'il pouvait faire son projet de littérature classique sur Harlan Coben. Sans déconner.

Mon voisin referme la pochette de sa liseuse et la remet dans son sac.

— Pas la peine d'être désagréable, tranche-t-il.

Je ris avant de m'apercevoir qu'il est vraiment vexé.

— Hé ! C'est toi qui as commencé en supposant que j'étais une petite idiote qui voulait faire un voyage romantique en train.

Il penche la tête comme s'il voulait me percer à jour. C'est bien la dernière chose dont j'ai besoin. Puis il croise les bras ; ça fait ressortir ses muscles sous son maillot. Je suis sûre que c'est intentionnel.

La femme en face de nous me fait à nouveau les gros yeux. Dehors, les premiers flocons de neige se mettent à tomber. Ça me réjouit toujours, mais il n'y a plus la magie de mon enfance. Et s'il neige trop, Kat aura du mal à venir me chercher à la gare.

Mon voisin lâche un petit rire moqueur.

— Quoi ? dis-je, incapable de l'ignorer.

— Tu sais, ce n'est pas parce que tu lis Murakami que tu es un génie, déclare-t-il amusé. C'est ce que tout le monde lit pour paraître intelligent. Et puis, c'est un peu prétentieux à mon goût.

— Tu as lu Murakami ? Toi ?

Il pivote sur son siège pour me faire face et compte sur ses doigts.

— *La Ballade de l'impossible*, *Kafka sur le rivage* et *1Q84*. Remets-toi. Ce n'est pas si compliqué : une page après l'autre, comme n'importe quel livre.

Je repose mon roman, prête à en découdre.

— Alors, qu'est-ce que tu comptais lire sur cette brave petite liseuse ?

— *La Révolte*, énonce-t-il avec un large sourire. Tu sais, le troisième tome de *Hunger Games*.

— Murakami est surfait, et pas *Hunger Games* ? je réplique en éclatant de rire. Je rêve !

— Je pensais exactement pareil jusqu'à ce que ma co…

Il s'interrompt et son sourire s'évanouit.

— … mon ex-copine me le fasse lire. C'est super. Tu ne sais pas ce que tu rates.

Je baisse les yeux sur son bouquet. Aurait-il l'intention de reconquérir une fille ? Bon sang, ce type est une vraie caricature.

Mon père a tenté de me faire lire la série *Hunger Games* l'été dernier, sous l'influence de sa toute nouvelle famille. Pendant que ma mère avalait des anxiolytiques comme des bonbons pour tenir le coup, il insistait pour que je départage Kat, qui adorait Gale, et Bea, qui préférait Peeta.

Euh… sans façon.

Je me retourne vers mon voisin. Son visage est de nouveau agréable et souriant. C'est énervant.

— C'est peut-être pour ça que tu aimes autant ta liseuse ? Pour cacher tes lectures honteuses ?

Ses yeux se plissent et son visage se ferme. Son expression trahit toutes ses émotions. Il serait bien incapable de jouer au poker.

— Et donc toi, tu préfères ne pas en avoir pour montrer à tout le monde à quel point tu es intelligente.

Je me mords la lèvre. Je vois que je l'ai blessé et, soudain, me défouler sur un étranger dans un train n'est plus si divertissant.

— Désolée… J'ai faim, j'ai chaud et j'ai passé une mauvaise nuit…

Il ne m'écoute pas. Il se lève et s'éloigne d'un pas rapide, jusqu'à disparaître dans l'autre wagon.

Après tout, aucune loi n'oblige à sympathiser avec son voisin de train. Et je suis prête à parier que mon livre est mille fois plus intéressant qu'une histoire larmoyante sur des enfants qui s'entre-tuent.

Après quelques instants, je repose mon livre. Impossible de lire alors que tant de questions sans réponse se bousculent dans ma tête. Comment va se passer le mariage ? Que fait ma mère en ce moment ? Ma vie redeviendra-t-elle normale un jour ?

Les flocons tombent de plus en plus dru. L'espace d'un instant, j'envisage d'envoyer un message à maman. La neige la rend plus folle qu'une gamine un matin de Noël.

Puis j'y renonce.

Je contemple par la fenêtre la blancheur qui s'installe en priant pour qu'elle me pardonne.

D'avoir fait ce qu'il fallait.

NOAH

12 h 4

— QU'EST-CE QUE JE VOUS SERS ? me demande l'employée du bar dans son uniforme bleu et blanc.

Elle a les cheveux ébouriffés, des rides d'expression et la voix rauque d'une fumeuse invétérée. Les boutons de sa chemise semblent près d'exploser, comme si son corps voulait échapper à ce carcan.

La voiture-bar est toujours aussi miteuse. Seule la bière doit être potable, si j'en crois ce que consomment les autres passagers. La photo des mets proposés a beau être alléchante, je ne me fais guère d'illusions.

— Un sandwich dinde-gouda-bacon, s'il vous plaît.

— Avec ceci ?

— Un Coca.

Alors qu'elle me sert, je repense à ce qu'a dit ma voisine de train. Que sa faim expliquait son agressivité au sujet de *Hunger Games*. Ce qui est plutôt drôle.

— Je vais prendre deux sandwichs, finalement, dis-je sous l'impulsion du moment.

Je pourrai toujours manger les deux si elle ne veut pas accepter un sandwich d'un inconnu.

Le karma, c'est un peu comme un compte bancaire. Il faut constamment engranger des bons points si on veut pouvoir en retirer quelque chose plus tard. Et justement, je prévois un assez large retrait ce soir. Ça fait trois ans jour pour jour que Rina et moi sortons ensemble. Enfin, si je n'avais pas tout fait foirer. J'ai les fleurs. J'ai mon discours d'excuse. J'ai même un poème de ma composition. À dix-huit heures, je sonnerai à sa porte, et je lui expliquerai quel idiot j'ai été. Je vais avoir besoin d'une sacrée réserve de karma.

Après avoir payé mes vingt et un dollars cinquante – c'est du vol caractérisé –, je retourne sur mes pas. La voiture-bar et le wagon suivant sont bondés. Les ronflements d'un vieux monsieur se mêlent aux piaillements de trois gamins en train de déjeuner. Le samedi, tout le monde s'empresse de fuir la ville pour se mettre au vert.

Je retrouve notre voiture.

Ma voisine a abandonné sa lecture. Pas étonnant. Je ne lui avouerai pas que *La Ballade de l'impossible* est le seul livre de Murakami que j'aie réussi à terminer ! C'est peut-être un auteur génial, mais je préfère l'aventure, les intrigues politiques et la romance dramatique de *Hunger Games* même si ce n'est pas le roman du siècle. Je lis bien assez de chefs-d'œuvre littéraires pour les cours.

De l'autre côté de la vitre, à présent givrée, la neige tombe doucement, sur fond de vieilles cheminées en brique ; bientôt, on ne voit plus que des arbres nus et l'Hudson River. Ce paysage incite à l'évasion ; on imagine aller se perdre dans les bois pour y vivre une vie meilleure…

Ma voisine semble elle aussi prendre plaisir au spectacle. Trouve-t-elle ce voyage romantique finalement ? Est-il à la hauteur de ses espérances ?

Au moment où je m'assieds, un gamin déboule dans l'allée, me donnant un coup de pied au passage. La magie du moment s'évanouit. Mon élan de générosité me paraît soudain idiot. J'entends la voix de Rina dans ma tête, la veille de notre rupture : « Pourquoi tout est toujours si compliqué avec toi ? »

Je me recentre sur mon karma et je me lance :

— J'espère que tu n'es pas végétarienne ?

— Hein ? répond ma voisine, étonnée.

Rina a raison. Donner quelque chose à quelqu'un ne devrait pas être si compliqué.

« Pourquoi tu ne peux jamais rien faire sans envisager toutes les issues possibles ? » m'a-t-elle aussi reproché.

Rina n'essayait pas de me changer, contrairement à ce qu'affirmait Bryson, elle essayait de m'aider.

— Je t'ai pris un sandwich, j'explique d'un ton aussi assuré que possible.

La fille ouvre de grands yeux qui lui mangent le visage.

— Ce n'était pas la peine, articule-t-elle timidement.

Mes doigts pressent le sandwich. Elle n'en veut pas. La honte.

Je lui souris nerveusement. Elle a l'air d'hésiter.

— Je l'ai acheté pour toi, je reprends en le tendant vers elle. Il est à la dinde et au bacon.

Ma main tremble presque. Quel idiot je fais, à croire au karma, à être monté à bord de ce foutu train…

— Merci, je meurs de faim, finit-elle par lâcher.

Elle arrache sauvagement l'emballage et croque à belles dents dans le sandwich. Le soulagement m'envahit, c'est le même effet qu'un plongeon dans une piscine en pleine canicule.

— Dis donc, tu avais faim !

Avec ses joues gonflées, on dirait un hamster.

— Je n'ai pas mangé depuis ce matin.

— Tu es montée où ?

— Baltimore, m'explique-t-elle avant de prendre une nouvelle bouchée. Après une heure de voiture depuis la Virginie. J'ai traversé trois wagons, je suis passée devant les toilettes, mais je n'ai pas trouvé la voiture-bar. Je n'ai pas osé demander, car tout le monde était scotché sur sa tablette, et je ne voulais pas laisser ma valise trop longtemps sans surveillance. J'en ai conclu qu'il n'y avait peut-être rien à manger dans ce train.

— Il faut aller deux wagons plus loin. La voiture-bar est toujours à l'arrière. Le contrôleur est censé l'annoncer, mais il oublie parfois. Tu aurais dû me demander.

— J'étais trop occupée à être de mauvaise humeur, avoue-t-elle tout sourire.

Je ris, pour de vrai cette fois.

Pendant quelques minutes, tout est simple. Le crissement de la cellophane lorsque j'ouvre mon sandwich à mon tour. Le craquement des feuilles de laitue sous mes dents. Le goût de dinde, légèrement fumé. Les vibrations régulières du train. Le paysage enneigé. C'est presque agréable. C'est peut-être un de ces moments à part, qui changent le cours d'une vie. Le signe que Rina et moi devons nous remettre ensemble.

Ma voisine froisse son emballage quand elle a terminé et le fourre dans son sac à main. Je l'imite et glisse le mien dans une des poches de mon sac à dos. Au milieu des tickets de caisse et des pastilles à la menthe, je tombe sur des photomatons de Rina et moi. Les seules photos imprimées qui me restent.

— Au fait, je m'appelle Noah. Noah Adler, dis-je à ma voisine.

Je lui tends la main. La sienne est étonnamment fraîche malgré la chaleur ambiante dans le wagon.

— Ammy.

Elle ne me donne pas son nom de famille, comme les artistes qui se font connaître sous leur seul prénom. Je trouve ça curieux. Mais Rina m'a toujours dit que j'étais bizarrement formel avec les autres.

— Ammy ? je répète.

Elle secoue la tête, avec une mimique exaspérée.

— Comme Sammy sans le S. C'est le diminutif d'Amarantha. C'est tiré d'un poème. Mes parents sont tarés.

— « Amarantha, douce et belle, ah, ne tresse plus ces brillants cheveux », je déclame sans réfléchir.

Elle fronce les sourcils. Elle doit me prendre pour un fou. Elle finit pourtant par hocher la tête, sans doute impressionnée.

— Peu de gens connaissent, fait-elle remarquer avec une lueur dans les yeux.

Je prends une profonde inspiration, de nouveau envahi par cette sensation de soulagement.

— Il se peut que j'étudie la littérature comparée. (Je lève la main pour l'arrêter.) Je sais, c'est une matière qui ne sert à rien.

— C'est toi qui le dis, pouffe-t-elle.

— J'adore Richard Lovelace. Je trouve qu'il est sous-estimé. Il n'est pas aussi connu que John Donne ou John Keats… Enfin, j'imagine que tes parents sont du même avis.

Elle hausse les épaules.

— Ça reste un prénom débile pour un enfant. Je n'ai pas eu un seul prof capable de le prononcer correctement du premier coup. Pas comme Noah. C'est facile. (Elle baisse les yeux et tripote son sac.) Bref. Combien je te dois pour le sandwich ?

— Je te l'offre.

— Hors de question.

— C'est bon pour mon karma. Crois-moi. Tu me rends service.

— Ton karma ?

Dehors, derrière elle, j'aperçois un vieux bus scolaire à l'orée de la forêt. Chaque fois que je passe, il est garé au même endroit, là où les rails ne longent plus l'Hudson River mais s'enfoncent dans les bois. Ses couleurs vives sont aujourd'hui saupoudrées d'une fine couche de neige.

Je me retourne vers ma voisine. Serait-ce bizarre de raconter à une autre fille mon plan pour reconquérir mon ex ? Je caresse machinalement un pétale de rose.

— Ça a un rapport avec ces fleurs ? demande Ammy.

— Ça se pourrait.

— Tu essayes de reconquérir ton ex, déclare-t-elle sans hésiter.

— Ouah ! Tu es douée.

Elle me sourit.

— Coup de chance.

Moi, je pense surtout qu'elle est observatrice.

— On aurait dû fêter nos trois ans ce soir, je confesse.

— Très romantique, répond-elle, mais son sourire en coin laisse entendre le contraire.

Je me sens rougir.

— Alors, qu'est-ce que tu as fait de mal ? ajoute-t-elle, déjà persuadée que je suis responsable de la rupture.

Elle est vraiment douée pour décrypter les pensées des gens.

Comment expliquer au mieux la situation ? Peut-être pourrait-elle me donner des conseils, vu qu'il nous reste plus d'une heure à passer ensemble ?

Mais au moment où j'ouvre la bouche, un crissement de freins retentit et l'un des deux gamins dans l'allée tombe par terre. Le wagon commence à vaciller d'avant en arrière et les lumières s'éteignent.

Le train s'arrête.

AMMY

13 h 23

On dirait que je suis la seule dans ce train à flipper autant.

Ça fait presque une heure qu'on est arrêtés et il ne se passe toujours rien. Les lumières sont éteintes. Aucune nouvelle annonce depuis quarante-cinq minutes. La neige tombe à n'en plus finir, recouvrant les arbres au-dehors d'un manteau blanc éblouissant qui tranche avec la pénombre à l'intérieur du compartiment.

Il y a d'abord eu beaucoup de grognements et de passages dans l'allée. Noah, qui n'a pas eu le temps de me raconter son histoire avec son ex, a lâché : « Eh merde, c'est pas vrai. » Une maman à l'avant a essayé de calmer son enfant effrayé, le type en costume a soupiré bruyamment et la dame en face de nous a expliqué en long et en large que sa belle-fille allait être furieuse de poireauter à la gare. Cependant, depuis la dernière annonce disant qu'ils « étudiaient la situation », que tout le monde devait « patienter » et que « le personnel d'Amtrak » ne détenait « aucune information supplémentaire », la plupart des passagers semblent s'être résignés.

Je trace des cercles sur la vitre givrée, comme pour recharger un générateur d'urgence imaginaire qui nous ferait redémarrer. Mes ongles sont complètement rongés, c'est affreux.

Le mariage – ou plutôt la cérémonie d'engagement pour être plus précis, puisque mes parents ne sont même pas encore divorcés – commence à dix-huit heures. J'ai encore le temps d'arriver, théoriquement, mais je sais que Kat va bientôt aider Sophie à se maquiller et tout le tralala. Sans compter que je dois moi aussi m'habiller, me coiffer et repasser la robe chiffonnée dans ma valise. J'étais supposée arriver dans quelques minutes.

Mon téléphone vibre. C'est Kat. Je lui ai envoyé un message quand le train s'est arrêté pour la prévenir du retard.

Toujours rien ?

Je lui envoie un émoji triste, sans autre commentaire.

Ma mère ne voulait pas que j'y aille. Elle m'a suppliée de ne pas « valider leur infidélité » en assistant à la cérémonie. J'ai accepté. Jusqu'à ce que je commence à me demander si elle était vraiment de mon côté et que je ressente le besoin de m'éloigner d'elle.

J'ai blessé ma mère, et voilà que je ne suis même pas sûre d'arriver à bon port ! Quelle poisse !

Ma respiration s'accélère. Je me mordille l'ongle du petit doigt jusqu'au sang.

Je fixe la vitre comme si le paysage au-dehors contenait la réponse à mes questions, mais il n'y a que des arbres et de la neige. C'est sans espoir.

Je me tourne vers Noah. Il est nerveux, lui aussi, recroquevillé sur son bouquet. Il veut arriver à destination ce soir et doit envisager tous les scénarios possibles. Comme moi.

Je me lève et lui demande de me laisser passer.

J'espère qu'un peu de marche va m'aider à me calmer.

Alors que j'arrive au bout du wagon, un petit garçon tape sur la tête de sa sœur avec un magazine. Une vieille dame vêtue d'un luxueux manteau de laine joue au sudoku sur sa tablette. Aucun de ces voyageurs n'est attendu au pseudomariage de son père. Aucun ne semble pressé, ni impatient.

Tant pis si j'ai l'air d'une folle en retournant déjà à mon siège. Comme dit Kat, à New York, les gens se fichent la paix ; enfin, sauf quand on les dérange.

Les vitres se recouvrent de neige et la lumière vire au grisâtre, comme si quelqu'un avait déposé un voile sur la cime des arbres, ou choisi un filtre photo « vintage ».

Noah se lève encore pour que je puisse me rasseoir. Ses yeux grands ouverts m'interrogent à la manière d'un chiot plein de confiance.

— Ça va ? demande-t-il.

Non, ça ne va pas. Pas du tout.

— Oui, je rétorque. Je voudrais juste savoir combien de temps ça va durer.

— Comme tout le monde, répond Noah. Les retards sont fréquents, surtout quand il fait mauvais, mais je suis sûr qu'on va bientôt repartir. Quel que soit le problème, ça ne peut pas être si grave que ça, ajoute-t-il en voyant ma mine déconfite.

On dirait qu'il veut se convaincre lui-même.

Je sors mon téléphone de ma poche. Aucune nouvelle de Kat. En revanche, les messages de ma mère ont continué d'arriver en masse durant tout le voyage : vingt-huit SMS non lus. J'hésite à les ouvrir. Ça me stresse encore plus maintenant que je n'ai rien d'autre à faire.

Mon pouls s'accélère lorsque je les fais défiler. C'est sans fin.

Reviens !

Dis à Dara de faire demi-tour.

Appelle-moi !

Appelle-moi !

Appelle-moi !

Bon sang, Ammy, appelle-moi !

Appelle-moi !

Dis-moi que tout va bien.

Appelle-moi !

Réponds-moi !

Et des myriades de variations du même acabit. Puis un dernier, à peine cinq minutes plus tôt.

Si tu ne m'appelles pas tout de suite, je téléphone à ton père !

Ce n'est pas que je tienne absolument à garder la surprise, mais je ne peux même pas imaginer ce qui se passerait si ma mère appelait mon père pour l'injurier le jour de son remariage. Sophie m'en tiendrait pour responsable. Kat se demanderait si j'en vaux vraiment la peine. Et mon père m'accuserait lui aussi de tout gâcher.

J'ai beau trouver méprisable ce qu'il a fait, je veux avoir une place dans sa nouvelle vie, ne serait-ce que pour une semaine.

Noah a dû deviner mon malaise car il me chuchote :

— Tout va bien ?

Je hoche la tête.

— Il faut que je passe un coup de fil. Excuse-moi.

— Pas de souci.

Ma mère décroche dès la première sonnerie.

— Ça va ? gémit-elle d'une voix stridente.

— Je vais bien, maman.

— Où es-tu ?

— Dans le train. Je suis presque arrivée.

Elle commence alors à crier : « Tu savais à quel point ça allait me blesser, tu m'avais juré que tu n'irais pas, tu étais censée être de mon côté, on devait regarder *Gilmore Girls,* j'avais tout prévu... » C'est une telle logorrhée que je peine à la suivre.

Sa voix est rauque, comme si elle avait pleuré toutes les larmes de son corps entre deux crises de colère. Je vois d'ici les cernes sous ses yeux, ses cheveux gras qui n'ont pas été lavés depuis des jours, ses ongles encore plus rongés que les miens.

Je ne veux pas finir ainsi. J'ai bien fait de partir. J'avais peur que son chagrin ne s'enroule autour de moi, tel un serpent, et forme un cocon vicieux qui m'enveloppe et m'étouffe. J'avais peur que mon père ne me pardonne jamais d'avoir loupé cette cérémonie. Je redoutais de perdre toutes mes chances d'avoir un jour une vie normale (même si cette vie résultait de son abandon).

— Je vais raccrocher, maman, dis-je.

— Ne fais pas ça, Ammy, stop, arrête…

— Maman, je vais bien, vraiment. Mais je ne peux pas te parler quand tu es dans cet état.

— Dans quel état ? C'est ton père qui nous a laissées et a eu le culot de…

— Maman, je raccroche.

Ma voix est aussi calme que celle de la psy que mon père nous a obligées à consulter après nous avoir appris qu'il partait pour une femme rencontrée – et ce n'était pas une blague – lors d'une randonnée dans les monts Adirondacks. (Comme si on pouvait payer cinq séances de thérapie familiale et s'en tirer à bon compte.)

— Tu ne peux pas me raccrocher au nez, tu ne peux pas faire ça, ne raccr…

Je mets fin à la conversation. La psy m'a dit durant l'une de nos séances en face à face que quand l'anxiété de ma mère explosait, la meilleure chose à faire était de se retirer de la conversation.

Je ne me suis pas simplement retirée, j'ai carrément pris le train.

Noah me regarde fixement, l'air inquiet. Puis je perçois quelque chose de pire dans ses yeux : de la pitié.

Je reste sans voix. Je ne sens plus que la chaleur amère des larmes qui menacent de couler.

Je ne veux pas pleurer dans ce train, devant un inconnu. Je veux être à Hudson, faire semblant de m'intéresser à la robe de Sophie, avec Kat, Béa et la promesse d'une normalité retrouvée, à des kilomètres de ma mère et de son désespoir.

— Euh… Ça avait l'air difficile, me murmure Noah.

Les digues se rompent alors. La première larme trace son sillon. Je suis fichue.

— J'ai besoin d'air, dis-je soudain, au bord de la suffocation.

NOAH

13 h 31

On nous a ordonné de ne pas quitter le train. Du moins, c'est ce que disait la première annonce. On sait tous que lorsqu'un train est arrêté en pleine voie, il est interdit d'en descendre. C'est une histoire d'assurance. Donc on n'a pas le droit d'aller dehors. Mais j'ai ma petite idée…

— Viens avec moi, dis-je en me levant.

Ammy obéit en essuyant discrètement ses larmes. Je m'élance dans l'allée, me retournant pour vérifier qu'elle me suit. Elle est encore plus grande que je ne le pensais. Presque aussi grande que moi. Bien plus que Rina.

J'appuie sur le bouton pour passer au wagon suivant, puis à la voiture-bar. Enfin, nous arrivons dans le fourgon de queue, une petite pièce aux parois métalliques à l'arrière du train.

— Il fait plus frais ici, je déclare. Ce n'est pas chauffé.

— Mais est-ce qu'on a le droit d'y entrer ? s'inquiète-t-elle.

Elle désigne une pancarte qui indique le contraire.

— Probablement pas.

Je m'appuie contre la porte en essayant de rester détendu. Ammy tente de calquer sa respiration sur la mienne pour s'apaiser. Elle a maintenant la chair de poule et baisse les manches de son pull. On aurait dû enfiler nos manteaux. Mais après la dispute avec sa mère, elle semblait avoir besoin de sortir le plus vite possible.

Par la fenêtre latérale, on ne voit rien d'autre que des arbres ; par celle à l'arrière, les rails qui s'étendent à perte de vue. Une pancarte annonce : « Les portes peuvent être ouvertes manuellement en cas de panne électrique. » Je suis une fois encore submergé par cette envie de m'échapper, de me perdre. Le genre de sensation que Rina cherchait constamment à provoquer en moi et que je n'ai ressentie qu'après l'avoir perdue.

Ammy lève les yeux vers moi. Son maquillage a légèrement coulé. Elle ne dit rien.

— Je peux te laisser…, je propose doucement.

Je recule d'un pas en direction de la porte. Elle hausse les épaules.

— Pas la peine, tu as sûrement tout entendu.

— Tu veux en parler ?

Elle secoue rapidement la tête.

— Sûrement pas.

— D'accord.

Comment lui remonter le moral ? J'ai entendu sa mère crier. Mes parents ne m'ont jamais parlé comme ça. Elle doit avoir de sacrés problèmes.

Ammy soupire encore. Je me rends compte que j'ai froid moi aussi. Contrairement à tout ce qu'on raconte, être un homme, un « vrai », ne rend pas insensible au froid.

Tandis qu'elle s'éloigne de la fenêtre en se frottant les bras pour se réchauffer, je m'en approche afin d'admirer le spectacle si parfaitement harmonieux de la neige, des arbres et du ciel. On dirait un tableau, comme si cette petite cabine vieillotte était devenue notre musée privé.

— Alors, qu'est-ce que tu comptes faire ? me demande Ammy en s'appuyant contre le mur opposé.

— Faire ?

— Pour reconquérir ta copine. Dis-moi que tu as prévu autre chose que de te pointer avec des fleurs.

Je tire sur le col de mon maillot.

— J'ai prévu des fleurs, un poème et une invitation à ce restaurant où elle me suppliait toujours d'aller. J'ai réservé une table…

J'attends une réponse qui ne vient pas. Au bout d'un instant, je reprends :

— Un peu nul, hein ?

— Je n'ai rien dit.

Cette fille n'est pas du genre à s'épancher. Elle doit tout garder pour elle, même son avis sur le plan d'un inconnu pour reconquérir son ex. Mais je vois bien qu'elle trouve ça nul. Elle me trouve sans doute nul, moi aussi.

— Et toi, pourquoi tu es à bord de ce train ? j'interroge.

— Pour la pire des raisons, réplique-t-elle.

— C'est-à-dire ?

Ammy décolle un sticker sur la fenêtre puis le recolle avant de faire volte-face.

— La famille, lâche-t-elle.

Son visage est vide de toute expression, son regard perdu dans le vague, comme si elle repensait à un souvenir désagréable.

— Disons qu'il faut impérativement que j'arrive à Hudson ce soir, conclut-elle.

Je tends l'oreille en entendant le nom de ma ville natale sur ses lèvres. Alors, si elle ne va pas à Bard, que va-t-elle faire à Hudson ? Je le saurais, si elle avait grandi là-bas, je l'aurais connue au lycée. Je pose quand même la question :

— Tu ne viens pas d'Hudson ?

Elle fait « non » de la tête.

— Moi aussi, je vais à Hudson et je suis hyper pressé d'arriver. Tu dois y être quand ?

— Dix-sept heures au plus tard, répond-elle.

— Pareil.

Je m'approche légèrement d'elle, histoire de maintenir notre température corporelle dans ce wagon gelé. Elle fait de même et, l'espace d'un instant, je crois qu'elle va me révéler pourquoi elle se rend à Hudson.

Mais elle baisse la tête et une voix étouffée retentit soudain.

— Une annonce, dis-je, momentanément distrait.

J'ouvre aussitôt la porte pour retourner dans le wagon précédent, savourant la bouffée de chaleur immédiate. Elle m'emboîte le pas.

La voix explique d'un ton imperturbable :

« … n'est pas liée aux conditions météorologiques… retard dû à un incident technique… espérons repartir dès que possible, mais un délai de quelques heures avant l'arrivée du mécanicien est à prévoir… Plusieurs autres problèmes ont été déclarés dans la région… Merci pour votre patience… »

— *Quelques heures* ? s'exclame Ammy, paniquée, alors qu'autour de nous des cris et des grognements s'élèvent.

Ammy me supplie du regard, comme si je pouvais y faire quelque chose. Je suis foutu. Ma réservation est à dix-neuf heures pile et j'avais prévu d'être chez Rina à dix-huit heures pour lire mon poème, plaider ma cause et lui laisser le temps de se préparer. Sans compter qu'il faut d'abord que je passe chez moi me doucher et me changer. Je ne peux pas la reconquérir dans le vieux maillot de foot qu'elle déteste. Encore une ou deux heures de retard et ma réservation sera annulée. Je me pointerai comme un idiot à la nuit tombée avec des fleurs fanées et des excuses pourries.

« Pourquoi tout est toujours si compliqué avec toi ? »

— Ça craint, dis-je. Carrément.

AMMY

13 h 43

NOAH SE PLONGE DANS SON TÉLÉPHONE pendant que je calcule le temps qu'il me reste. Vu le retard annoncé, il sera près de dix-sept heures quand le train repartira. Ce qui me fera arriver à Hudson pendant la cérémonie et Kat ne pourra pas venir me chercher. Même si je parviens à trouver un taxi, je ne peux pas me pointer en plein milieu en disant : « Surprise, c'est moi ! » Sophie a choisi un restaurant italien chic pour leur mariage, je ne peux pas débarquer avec mes cheveux en bataille après mon périple en train, dans une robe toute froissée. Comme l'a dit Noah, « ça craint ».

Les autres passagers paniquent, passent des coups de fil et bombardent le pauvre contrôleur de questions auxquelles il ne peut pas répondre.

Je vais rater la cérémonie d'engagement de mon père. J'ai brisé le cœur de ma mère pour rien.

Noah lève le nez de son portable. Avec sa veste orange fluo, il ressemble à un bibendum.

— Un des mecs de ma résidence s'est retrouvé bloqué pendant neuf heures dans un train, m'annonce-t-il à voix basse, comme s'il craignait d'affoler les autres voyageurs.

— Tu plaisantes ?

Il secoue la tête.

— Tu crois que ça risque de nous arriver ? je m'inquiète.

— Je ne sais pas, répond-il avant de retourner à son téléphone.

La neige continue de tomber. Même si le train est réparé, la voie risque d'être bloquée. Je sors mon portable pour consulter la carte. D'ici à Hudson, il faut compter une heure et quarante-cinq minutes de voiture. Même si Kat partait tout de suite, on louperait le début de la cérémonie. C'est fichu.

Je lui envoie un message :

Pas sûre d'arriver à temps.

Puis je vois un nouveau message de ma mère :

Quand arrives-tu ? Dis-moi tout de suite ou j'appelle ton père.

J'envisage brièvement de lui dire la vérité, mais je sais qu'elle n'en sera que plus inquiète. Alors, je mens :

Déjà arrivée chez papa. Désolée.

Pendant une seconde, elle ne répond pas et je me dis qu'elle va peut-être se calmer maintenant qu'elle sait qu'elle ne peut plus m'arrêter. Je vois alors sur l'écran les trois petits points indiquant qu'elle est en train d'écrire. Puis les points disparaissent. Elle n'a rien à me dire.

En un éclair, je revois le visage de ma mère hier soir, une bouteille de vin à moitié vide posée sur la table, lorsque je lui ai annoncé que je ne voulais plus parler de papa avec elle. Elle a écarquillé les yeux et m'a regardée comme si je l'avais trahie. Depuis des jours, elle répétait la même chose : « Comment ose-t-il avoir une *cérémonie* avec elle… Après tout ce que j'ai fait pour lui… J'y crois pas, Ammy. Tu y crois, toi ? Qu'il te fasse ça à toi, à nous ? »

Je me force à penser à autre chose. Toujours pas de réponse de Kat. Rien de nouveau non plus sur sa page Facebook.

Pendant une seconde, je me demande si ma venue lui importe vraiment. Après tout, nous ne nous sommes côtoyées que pendant dix jours.

J'étais prête à détester Kat, tout comme je détestais déjà Sophie, sa mère, la femme qui avait détruit ma famille et était capable – d'après mon père – de faire un poirier très impressionnant durant le cours de yoga qu'elle animait tous les matins. J'étais donc prête à haïr Kat et Béa, ces deux insupportables demi-sœurs qu'on m'imposait. Je ne voulais même pas rendre visite à mon père. C'était mes meilleures amies, Dara et Simone, qui m'avaient convaincue du contraire, me faisant remarquer que je pourrais probablement grappiller quelques jours à New York avant de les rencontrer.

Mon père m'y avait rejointe et nous avions passé le week-end à visiter Times Square et le One World Trade Center, à faire du shopping chez Macy's et à nous balader dans Central Park. Je m'appliquais à ne répondre que par monosyllabes à ses tentatives d'excuses maladroites. Le temps qu'on mette le cap sur sa nouvelle maison, à Hudson, j'étais en panique totale.

Kat avait été géniale. Elle m'avait accueillie à la porte de leur vieille ferme en me serrant dans ses bras. J'avais rencontré Sophie en coup de vent, puis Kat m'avait traînée jusqu'à son restaurant favori avant d'aller chercher Béa à son cours de théâtre.

Nous étions à peine assises dans la voiture que Kat avait déclaré :

« J'ai suggéré à ma mère de ne pas fréquenter un homme marié, mais elle peut se montrer carrément égoïste quand elle s'y met. Donc on est toutes les deux des filles d'enfoirés. Ça nous fait au moins un point en commun. »

Je crois que je suis tombée un peu amoureuse d'elle à cet instant. Façon de parler, bien sûr. J'adorais simplement sa capacité à voir les choses de manière si claire et à énoncer ce que je n'avais pas eu le cran de dire, ni quand j'avais regardé mon père faire ses valises ni même quand j'avais appris, bouillonnante de colère, que ma mère l'avait *conduit à l'aéroport* !

Durant toute cette histoire, je n'avais pas eu le courage d'exprimer ce que je pensais vraiment : mon père n'était peut-être pas la personne formidable que je croyais.

Mais Kat l'avait fait. *Enfoiré.*

C'est étrange de prendre conscience qu'un être qu'on a aimé toute sa vie peut s'en aller du jour au lendemain.

Le plus étrange pourtant, c'est que j'avais passé dix jours très agréables. J'étais furieuse contre mon père – je le suis encore –, mais c'était plus simple de l'être en mangeant la salade de chou kale de Sophie ou son poulet au citron, ou en faisant des jeux de société après le dîner pendant que papa et Sophie se partageaient une bouteille de vin. Bien sûr, c'était exaspérant de voir qu'il semblait s'amuser comme un fou alors que nous étions malheureuses par sa faute, mais c'était également fascinant.

Ma famille n'avait jamais été comme ça, *normale*. Moi qui croyais jusqu'alors que ça nous rendait spéciaux, je commençais à me poser des questions. J'en devenais presque… jalouse de mon père.

Lui n'avait plus à s'occuper de ma mère, à présent. Non, c'était mon job.

Je soupire en rangeant mon téléphone. Noah étudie encore la carte sur son portable.

— Tu nous trouves une solution miracle ? je lance sur le ton de la plaisanterie.

Il relève la tête. Je remarque alors les taches de rousseur sur le bout de son nez.

— Tu vas me prendre pour un fou…

Il passe une main dans ses cheveux et se gratte la tête comme s'il cherchait la solution à un problème.

— Je crains le pire.

— Non, écoute-moi, reprend Noah.

Il lève la main en signe de protestation, ce qui me fait penser brièvement à Kat quand elle s'apprête à défendre son point de vue.

— Il devrait y avoir un arrêt de bus à environ un kilomètre et demi d'ici. Tu vois ?

Il désigne un point sur sa carte.

— Et alors ? j'interroge.

— Eh bien, aux dernières vacances, tous les billets de train en promotion avaient été vendus et j'ai dû prendre cette ligne de bus. C'est l'Hudson Express, et elle passe juste là. Je vis un peu au nord de la ville, donc je prendrai sans doute un taxi après pour arriver à destination. Tu dois aller en ville ?

Je hausse les épaules.

— Je suis à peu près sûre que c'est dans Hudson même, mais pas en plein centre-ville.

— Parfait. On pourra partager le taxi si tu veux. Ça ne devrait pas être beaucoup plus long. Il y a des bus toutes les demi-heures, on devrait pouvoir attraper celui de quatorze heures trente. C'est de l'autre côté du bois.

Noah désigne alors la lisière enneigée par la fenêtre.

— Tu plaisantes ? Sortir maintenant ? Avec toutes nos affaires ?

— Si on attend trois heures, on arrivera tous les deux trop tard. Tu ne m'as toujours pas dit où tu allais. Ça me va très bien puisqu'on ne se connaît pas, mais je suis prêt à parier que tu ne veux pas poireauter aussi longtemps.

Je devrais refuser, lui dire que c'est n'importe quoi. Pourtant j'envisage sa proposition avec espoir. Au fond de moi, j'ai vraiment envie d'assister à la cérémonie. Et si je pouvais tout plaquer et recommencer de zéro, comme mon père ? L'idée a beau être monstrueuse, je ne peux m'empêcher d'y penser.

Noah doit percevoir mon hésitation.

— Crois-moi, d'habitude, je ne prends pas de risque, mais ça ne peut que nous faire gagner du temps. Et si on y réfléchit, on s'est retrouvés assis côte à côte alors qu'on va au même endroit. C'est un signe, non ?

Je fais la moue, pensive. Il a l'air de savoir de quoi il parle. Et il n'a pas tort. Peut-être que si quelqu'un tire les ficelles là-haut, il a tout mis en œuvre pour qu'on atteigne chacun notre destination.

— À ton avis, le bus mettra combien de temps ? je demande avec prudence.

— Une heure et demie, deux heures max. Même avec vingt minutes de marche pour aller jusqu'à l'arrêt, on arrivera à temps, il me semble.

— Il te semble ? Sérieusement ?

Il rit.

— Bref, tu arriveras à bon port.

Je hausse les sourcils. Au moins, ça résout mon problème avec Kat qui ne m'a toujours pas répondu. Si la cérémonie est sur le point de commencer, je partagerai un taxi avec mon nouvel ami. Le restaurant est à deux pas de la maison de Sophie, si bien que je pourrai aller me préparer et arriver à temps.

— Mais il fait un froid glacial, finis-je par objecter en repensant soudain à la température du fourgon de queue.

Il désigne la pile de vêtements chauds que j'avais posés à mes pieds.

— Je crois que tu es suffisamment équipée. Et ce n'est qu'à un kilomètre et demi. L'équivalent de vingt pâtés de maisons.

— J'habite dans la banlieue en Virginie, mec, pas à New York. Ça ne m'évoque rien du tout, dis-je en coinçant une mèche de cheveux derrière mon oreille.

Ce n'est pas pour flirter (quelle horreur). Je déteste sentir mes cheveux plaqués sur mon visage, surtout quand je suis stressée.

— Ça représente quatre tours de stade, répond-il avec un petit rire.

— OK.

— Tu peux le faire. On peut le faire.

Je regarde fixement ce garçon que j'ai rencontré il y a deux heures à peine. Ce sportif romantique qui veut rentrer chez lui pour reconquérir sa copine. C'est mignon, dans un sens.

Même si j'ai décidé, dans ce monde post-séparation, que l'amour était une perte de temps.

Une question me vient alors à l'esprit.

— Tu n'es pas un genre de prédateur sexuel, hein ?

Il pouffe, puis son expression se fait sérieuse.

— Écoute, je comprends que tu te poses des questions, mais non. Honnêtement, je veux juste rejoindre ma copine pour plaider ma cause. (Un sourire sincère éclaire son visage.) Peut-être que tu pourrais me donner quelques conseils ? Et si tu ne veux pas t'asseoir à côté de moi dans le bus, je ne me vexerai pas.

— Il n'y a qu'un kilomètre et demi ? je répète pour me conforter dans ma décision.

Il me tend son téléphone.

— Pas tout à fait. Mille quatre cents mètres pour être précis. Franchement, qu'est-ce qui pourrait mal tourner ?

NOAH

13 h 48

AMMY ME REND MON TÉLÉPHONE D'UNE MAIN HÉSITANTE, sans me répondre. Je le glisse dans ma poche, puis je redonne un peu d'allure à mon bouquet. Les fleurs ont encore un peu de tenue, ce qui ne sera probablement plus le cas après plus d'un kilomètre de marche dans la neige. Ça peut paraître cinglé d'arpenter la campagne glacée avec des roses à la main, mais je n'ai pas le choix.

Rina voulait toujours que je prenne des risques. Elle sera servie. Ce plan un peu dingue est carrément mieux que n'importe quel poème ou qu'un dîner au restaurant.

Rina, je voulais tellement être avec toi que j'ai littéralement *affronté une tempête pour te rejoindre…*

Rina, pour une fois, je n'ai pas pensé aux conséquences. Pour une fois, je me suis lancé.

Je me tourne vers Ammy, qui réfléchit silencieusement. Ses joues sont encore roses après notre passage dans le fourgon de queue. Je sens qu'elle va dire non.

Suis-je capable de le faire sans elle ? Bien sûr.

Mais suis-je assez aventureux pour me lancer seul dans l'inconnu avec un téléphone presque à plat et un bouquet de roses ? Pas sûr.

Si Rina était là, la question ne se poserait même pas. Elle se tournerait vers moi avec enthousiasme et s'exclamerait :

— Allez, on se tire !

Durant nos deux années et demie ensemble, Rina a appris à prendre les décisions à ma place. Bryson trouvait ça naze, me traitait d'« homme soumis ». Moi, ça me stimulait. Rina a été la seule à m'encourager à postuler à une fac de New York. Bryson disait que c'était pour me garder à l'œil, puisqu'elle voulait y aller aussi. Mais elle savait que j'adorerais. Et elle avait raison. Je ne l'aurais jamais fait sans elle.

Rina m'a aussi soutenu dans mon désir d'étudier la littérature comparée, alors que mes parents trouvaient l'idée ridicule. C'était bien le seul point sur lequel ils étaient d'accord à l'époque.

Bryson avait tort. J'aimais le fait qu'elle me pousse. Encore aujourd'hui. Le problème, c'était que parfois elle me poussait un peu trop. Je n'étais pas tout à fait prêt à être celui qu'elle voulait.

Je repense à cette semaine au bord du lac. Je me revois en haut de cette falaise, regardant en contrebas, tandis que les voix de Rina et Bryson résonnaient dans ma tête.

« Il faut que tu affrontes tes peurs, chéri. Je suis là pour toi. »

« Tu sais qu'elle n'a qu'une idée en tête : te transformer en petit ami parfait, hein ? Elle n'en a rien à faire de toi. »

Et puis zut. Peu importe ce que pense Bryson. Je veux affronter mes peurs. Vivre une aventure. Une aventure qui me mènera droit à Rina. Nous sommes faits l'un pour l'autre.

Pendant une seconde, je revois Rina devant chez moi, trois jours après ce coup de téléphone qui a tout déclenché, cinq jours après notre voyage au lac George qui s'était si bien passé jusqu'à ce qu'il tourne à la catastrophe. Les larmes dans ses yeux qu'elle essayait en vain de contrôler. La colère dans sa voix quand elle m'a demandé pourquoi je ne l'avais pas appelée depuis plusieurs jours. La manière dont elle m'a dit qu'elle me détestait, qu'elle n'arrivait pas à y croire.

« Comment peux-tu me larguer pour une raison aussi stupide ? »

Je ne sais pas. Toujours pas.

Je me racle la gorge, puis me tourne vers Ammy.

— Alors… Qu'est-ce que tu en dis ?

AMMY

13 h 51

Durant l'une de nos deux séances en face à face, la psy m'a conseillé de faire une liste de pour et de contre quand je commençais à me sentir triste ou angoissée car, d'après elle, « cette méthode peut offrir un sentiment de contrôle ».

Elle m'avait photocopié les pages d'un cahier d'exercices que je devais compléter à la maison. L'idée était de coucher par écrit les aspects positifs et négatifs d'une problématique, en commençant par le côté négatif, afin de dissiper les peurs, avant d'évaluer l'ensemble à l'aide d'un système de points.

Je trouvais ça nul parce que le système de points était complètement arbitraire et qu'on pouvait lui faire dire ce qu'on voulait.

Par exemple, la liste de mon père pour avoir quitté sa famille devait ressembler à ça :

Contre :

Détruire la famille (5 points)

Gâcher les deux dernières années de lycée d'Ammy, et ébranler toute sa confiance dans la famille, l'amour, etc. (10 points)

Voir ma femme partir en vrille (7 points)

Subir un contrecoup financier après avoir été muté dans le Nord (2 points)

Pour :

Choper une prof de yoga sexy qui arrive à fermer les yeux sur mes cheveux gris et mon évidente crise de la quarantaine (5 millions de points)

Bien sûr, d'après madame la psy, attribuer des points sert précisément à savoir ce que l'on veut par-dessus tout, à entrer en contact avec son moi intérieur ou je ne sais quelle bêtise. Elle m'a forcée à établir cette liste quand j'hésitais à aller voir mon père, la première fois.

Enfin, malgré mes réserves, son conseil s'est révélé plutôt utile. Après avoir demandé à Noah de patienter un peu, je sors un stylo et *Madame Bovary* que j'ouvre à la dernière page.

Voilà la liste qui m'a décidée à monter dans ce train. Celle que j'ai faite hier soir, après l'énorme dispute avec ma mère.

Contre :

Laisser maman seule durant « le pire jour de sa vie » (10 points)

Savoir que son état va probablement empirer pendant ma semaine d'absence (10 points)

Devoir faire semblant de m'extasier sur l'horrible robe que Sophie aura choisie (10 points)

Papa va penser que je lui pardonne tout alors que ce n'est pas le cas (10 points)

Maman, elle, ne me pardonnera jamais (15 points)

Pour :

Passer une super semaine avec Kat (6 points)

Passer aussi du temps avec Béa (4 points)

Être proche de New York, donc y aller sûrement au moins une fois (3 points)

Éviter de flipper en voyant ma mère craquer et s'effondrer d'heure en heure à mesure que la cérémonie approche (10 points)

Faire partie d'une famille, même pour de faux, même juste pour une semaine (1 million de points)

Voilà bien la preuve que ces listes sont moralement ambiguës.

Noah attend ma réponse, mais je me tourne vers la fenêtre et commence à écrire en cachant la page avec ma main.

Contre :

C'est un parfait inconnu (3 points)

Évidemment qu'un prédateur sexuel va prétendre ne pas en être un (5 points)

Il fait un froid de canard dehors (6 points)

Mon sac est super lourd à cause de tous mes livres (2 points)

Et si le bus ne passe pas à cause du mauvais temps ? (4 points)

Pour :

Noah n'a pas l'air dangereux et il essaye de reconquérir son ex (3 points)

Ce serait une aventure plutôt sympa à raconter plus tard (3 points)

Kat adorerait cette histoire (1 point)

J'aurai une chance d'arriver à Hudson à temps, d'être là pour mon père (7 points)

Je n'aurai pas brisé le cœur de ma mère pour rien (10 points)

NOAH

13 h 55

AMMY M'EMPÊCHE DE VOIR LA PAGE DE SON LIVRE. Elle gribouille des chiffres, additionne je ne sais quoi. Est-ce qu'elle calcule les distances ? Les temps de trajet ?

— Qu'est-ce que tu fabriques ? je finis par lui demander.

Elle secoue la main.

— Une seconde.

Je sors mon portable pour vérifier une dernière fois l'itinéraire. Je n'ai plus que vingt-sept pour cent de batterie, mais ça devrait suffire.

Par la fenêtre, la neige tombe toujours, transformant le compartiment en abri presque douillet. Il a l'air de faire affreusement froid dehors.

Est-ce que mon plan est fou ? Oui.

Est-ce qu'il va marcher ? Toujours oui.

Est-ce l'occasion de prouver à Rina que je suis la personne qu'il lui faut, une fois pour toutes ? Sans aucun doute.

Ammy relève enfin la tête. Elle ferme son livre, puis me lance un regard espiègle.

— Bon, si on y va, il ne faudrait pas tarder. J'ai pas beaucoup de temps à perdre.

C'est tout ce que j'attendais.

— Allons-y, alors ! Je vais porter tes livres, si tu veux ? je lui propose gaiement.

— On est dans *Madame est servie* ? réplique-t-elle en riant.

— Hein ? je m'étonne, car Rina adorait que je lui porte ses affaires.

— Rien, répond Ammy. On n'est plus au siècle dernier. Je vais me débrouiller.

Une fois qu'Ammy s'est bien couverte et que j'ai glissé mes fleurs sous ma veste, nous mettons de nouveau le cap vers l'arrière du train.

Personne ne fait attention à nous, bien que nous trimbalions nos bagages. Les voyageurs sont trop préoccupés par leurs problèmes. Heureusement, il n'y a pas un seul employé d'Amtrak en vue. Ce n'est pas comme si des gardes allaient s'élancer à notre poursuite, mais autant éviter les contretemps.

Maintenant que nous sommes planqués dans le wagon de queue, Ammy regarde la porte d'accès à l'extérieur d'une mine dubitative.

— Tu crois qu'on peut simplement l'ouvrir ? demande-t-elle.

— Elle est censée s'ouvrir manuellement en cas de coupure de courant. Et la lumière n'est toujours pas revenue.

Elle croise les bras. Un instant, elle a l'air si confortablement emmitouflée dans son manteau en laine que je regrette presque de la faire sortir dans ce froid.

— Alors, allons-y ! s'exclame-t-elle.

— Tiens-moi ça une seconde.

Je lui tends mes fleurs et retire mon sac à dos. Puis j'inspire un bon coup. Soudain, j'ai aussi peur que lorsque je m'apprêtais à sauter de cette fameuse falaise… Mais cette fois, je sauterai.

— C'est parti.

Je soulève le loquet de sécurité, avant d'attraper l'énorme poignée. Elle tourne plus facilement que je ne m'y attendais. La porte s'ouvre. Et voilà, notre aventure nous tend les bras.

— C'était facile, finalement, je commente.

J'attrape mon sac à dos et je le jette sur les rails enneigés, un bon mètre cinquante plus bas.

« Il faut que tu affrontes tes peurs, chéri. Je sais que tu peux le faire. »

Je me tourne vers Ammy.

— Quand faut y aller…

— Fais attention, Indiana Jones, répond-elle derrière moi.

Le sol semble se brouiller sous mes yeux. Je saute avant de me dégonfler.

J'atterris dans la neige, puis j'attrape mon sac à dos et balaie quelques flocons.

— Ça va en bas ? demande Ammy dans un murmure, comme si elle craignait de se faire repérer.

Adorable.

— Passe-moi ta valise, lui dis-je.

Lentement, elle la pousse par la porte et la laisse pendre dans le vide.

— Tu peux lâcher. Ne t'inquiète pas, je vais l'attraper.

Elle fronce légèrement les sourcils, mais elle obéit.

La valise bascule dans mes bras, me faisant reculer de quelques pas. Je la pose sur une parcelle de graviers moins enneigée avant de me rapprocher du train.

— À ton tour !

— Attends, dit-elle en retournant à l'intérieur.

Elle revient avec mes fleurs qu'elle me lance. Dans l'excitation de notre fuite, je les avais oubliées. Je les pose délicatement sur mon sac à dos.

— À ton tour ! je répète.

Elle hoche la tête, crispée.

— Saute ! Je t'attrape, je crie en lui tendant les bras.

Une seconde plus tard, mes mains sont autour de sa taille pour amortir sa chute.

Ammy lève ses grands yeux bruns vers moi et le temps est suspendu. Je me force à la relâcher, à reculer d'un pas et faire comme si de rien n'était.

C'est pour Rina que je tente l'aventure ; je ne dois pas l'oublier.

— Tu as réussi, dis-je.

Elle m'adresse un petit sourire en coin.

— *On* a réussi.

DEUXIÈME PARTIE
L'INCONNU

AMMY

14 h 02

L'ÉTREINTE DE NOAH QUAND IL M'A RATTRAPÉE a duré une seconde de trop. Je me ferais presque des idées s'il ne m'avait pas parlé de sa copine. Et quand bien même, je n'ai pas du tout la tête à ça.

Pourquoi ai-je décidé de le suivre ? Ça ne me ressemble pas. Rencontrer un bel inconnu dans un train et partir à l'aventure avec lui… C'est plutôt le genre de Kat.

Mon truc à moi, c'est de prendre soin de ma mère, d'être furieuse contre mon père et de compter les jours qu'il me reste avant de partir pour l'université. Du moins, jusqu'à hier soir, quand tout a changé.

À ma gauche, la voie ferrée enneigée s'étend à perte de vue. Les traverses parfaitement alignées me rappellent ces perspectives que nous tracions en cours d'arts plastiques avec Mme Efrom. La voie semble se dérouler jusqu'à l'horizon. J'ai presque envie de tout lâcher pour la dévaler en courant. Libérée.

Libérée de ce qui m'attend à la maison, en Virginie : les récriminations incessantes de ma mère au sujet de mon père ; les battements effrénés de mon cœur quand je pressens qu'elle va avoir une crise d'angoisse ; la peur qui me ronge quand je me demande si je vais finir comme elle.

Libérée de la colère qui la submerge depuis l'année dernière. Rien que pour une seconde, une heure, une journée, une semaine.

Libérée, même, des potins quotidiens – et parfois fatigants – échangés avec Dara et Simone, alors que j'essaye d'oublier que mon monde s'écroule autour de moi.

Il n'y a plus que moi, la magie de l'univers et ce train que l'on vient de quitter.

Et Noah, bien sûr.

Noah, mon compagnon d'aventure malgré lui.

Je sors mon téléphone pour envoyer un rapide message à Kat.

Finalement je devrais être à l'heure. Plus la peine de venir me chercher.

— Viens, me dit Noah. Partons avant qu'un contrôleur nous aperçoive.

Je déplace péniblement ma valise, ce qui marque le début officiel de notre périple. Les roues dérapent sur les cailloux près des rails.

— Tu as besoin d'aide ? propose Noah.

Je secoue la tête, un peu vexée qu'il me prenne pour une faible femme incapable de porter une valise sur un kilomètre dans la neige.

— Ça va.

Noah ouvre la marche. L'orée du bois se trouve à une dizaine de mètres. Lorsque nous en approchons, je suis de nouveau émerveillée. Tout semble féerique sous la neige, comme si nous traversions les terres du *Seigneur des Anneaux*, ou le décor d'*Harry Potter* !

— On est de vrais aventuriers, je souffle en le suivant. Des explorateurs !

Il ne se retourne pas mais je l'entends rire.

En quelques secondes, nous avons atteint la forêt. Les arbres forment une voûte qui nous protège des flocons. Le sol est jonché de feuilles mortes couvertes de givre. Ma valise roule un peu mieux maintenant qu'on ne patauge plus dans la neige.

Je commence à me dire que c'était une bonne idée, finalement.

En marchant, nous nous livrons un peu plus, nous échangeons des anecdotes, comme dans ces émissions de téléréalité où des célibataires se rencontrent au bout du monde. Noah me raconte qu'il a grandi à Lorenz Park, juste à côté d'Hudson, qu'il adore les animaux et que ses parents adoptent régulièrement des chats errants. Ils en ont maintenant trois : Boule de Neige, Max et Katniss. Je me paye sa tête en apprenant qu'il a choisi le dernier prénom, celui de l'héroïne de *Hunger Games*. Il m'explique aussi qu'il aimerait avoir le cran d'être végétarien parce qu'il redoute les conséquences désastreuses du régime carnivore sur l'environnement, mais qu'il aime trop les hamburgers pour sauter le pas. Et que ses parents sont professeurs d'université mais qu'ils n'enseignent plus beaucoup.

Je lui donne, quant à moi, la version édulcorée de la vérité. Je lui raconte que j'ai grandi dans une banlieue de l'État de Virginie, que nous avons toujours vécu dans la même maison, identique à celle d'au moins dix de nos voisins, dont mon amie Simone. Je lui dis que mon père est comptable et que ma mère vend des antiquités sur eBay, ce qui est un vrai boulot même si ça n'en a pas l'air.

Du moins, c'en était un. J'omets de mentionner qu'elle n'est pas partie à la chasse aux vieilleries depuis une éternité. À la place, elle passe des heures sur Facebook à traquer mon père dans sa nouvelle vie. Elle répète en boucle que ce n'est pas grave et que le marché des meubles et objets anciens tourne au ralenti en ce moment.

Je n'évoque pas non plus le temps où nous allions tous les trois écumer les brocantes le week-end.

Mais je lui explique qu'avec mon père nous partions en randonnée ensemble une fois par mois. Nous passions des heures à choisir les équipements dernier cri. La forêt était un endroit spécial à nos yeux. Rien à voir avec le petit bosquet derrière la maison.

Je lui raconte que, moi aussi, j'ai essayé d'être végétarienne. De fait, nous discutons tellement que j'en oublie le temps qui passe jusqu'à ce que nous arrivions dans une clairière, étendue de sol blanc et de ciel bleu.

Je sors mon téléphone de ma poche pour regarder l'heure et je m'arrête net. Nous marchons depuis bien plus de vingt minutes.

— Euh, je sais que je ne suis pas une vraie New-Yorkaise, mais je jurerais que ça fait déjà plus de vingt pâtés de maisons, je lui lance.

Noah se tourne vers moi. Il a les joues rouges et les lèvres gercées. Soudain, je me rends compte que je suis frigorifiée.

Il sort son portable à son tour.

— Ça fait presque une demi-heure, répond-il. Peut-être qu'on marche lentement ?

Je sens mon rythme cardiaque s'accélérer. Noah est censé savoir ce qu'il fait, parce que moi, non.

— Tu es *sûr* qu'on va dans la bonne direction ? je demande, inquiète. Ça fait un moment qu'il n'y a pas trace de civilisation.

— Euh, oui, je crois… Les villes sont petites par ici, donc on risque de ne rien voir avant d'y être, mais c'est vrai, j'ai l'impression qu'on aurait dû déjà arriver. Je n'ai toujours pas de réseau. Et toi ?

Je retire mes gants pour déverrouiller mon portable. Le froid est mordant. Ça ne me dit rien qui vaille. Je charge la carte mais elle me localise toujours dans le Bronx.

Je fourre mon téléphone dans ma poche, remets mes gants et me frotte les mains pour les réchauffer, tentant de réprimer la colère qui m'envahit. Ça avait l'air si facile quand il a proposé cette solution dans le train. Et on a passé la dernière demi-heure à bavarder. Je n'ai pas pensé une seconde qu'il pourrait y avoir un problème.

— Pas de réseau non plus, je déplore. Mais tu ne penses pas vraiment qu'on s'est trompés de chemin, si ?

Noah range son téléphone à son tour et me regarde avec un sourire forcé. Je m'arrête.

— Laisse-moi prendre ta valise, propose-t-il.

Je soupire bruyamment et ça n'échappe pas à Noah dans ce no man's land. Un peu plus tôt, nous avons aperçu des petites routes secondaires à travers les arbres, mais je n'ai rien vu de tel depuis au moins dix minutes.

— Non, je ne veux pas que tu portes ma valise ! je crie. Ce que je veux, c'est que tu saches où on va !

Instinctivement, Noah recule d'un pas, interloqué, le regard peiné.

J'ai soudain l'impression d'être ma mère. C'est horrible.

— Je suis désolée, dis-je aussitôt.

Je me sens comme une gamine qui pique une colère, et aussi comme une adulte ; trop jeune et trop vieille à la fois. Je n'aurais pas dû perdre mon sang-froid. De même que mes parents, les deux personnes supposées m'apprendre à être calme et raisonnable, n'auraient pas dû me donner le mauvais exemple.

Je veux que tout redevienne comme avant.

Les yeux me picotent. Je ne veux pas pleurer devant Noah, pas une deuxième fois. Avec ma chance, les larmes en coulant gèleront sur mon visage et effaceront définitivement mon reste de blush et de fond de teint.

Pourquoi faut-il que je me retrouve là, à moitié congelée en pleine forêt, sous prétexte que mon père s'est déniché une nouvelle femme ?

Pourquoi a-t-il fallu que le train tombe en panne ?

Pourquoi Noah ne sait-il même pas où aller ?

Et le pire, ce qui m'énerve le plus : pourquoi suis-je aussi faible que ma mère ?

Quand je lève les yeux vers Noah, il me contemple avec une gentillesse que je ne mérite pas. Il ne semble pas attendre d'excuses. Et ça me va droit au cœur.

— Je crois que si on traverse ces bois à cet endroit, on se retrouvera pile où il faut, annonce-t-il d'une voix calme. Enfin, j'espère.

Je me frotte les yeux et lui rends un sourire.

— D'accord.

Un peu d'espoir ne peut pas faire de mal.

NOAH

14 h 29

J'ENTENDS LE BRUIT DE SES PAS DERRIÈRE MOI, les vibrations de sa valise qui bute contre les racines.

Nous sommes presque sortis du bois.

Littéralement, du moins.

Métaphoriquement, ça reste à voir.

Voilà pourquoi je réfléchissais toujours avant de sauter le pas, Rina. Voilà pourquoi je ne parvenais jamais à me jeter à l'eau, contrairement à toi.

Ammy reprend une profonde inspiration, qui se termine cette fois en soupir exaspéré.

— Il y a intérêt à y avoir un arrêt de bus de l'autre côté de ces arbres, déclare-t-elle.

Je prie pour qu'il y en ait un.

Je n'avais pas l'intention de nous embarquer dans un plan foireux.

Ni de gâcher notre soirée à tous les deux à cause d'une décision stupide.

C'est drôle comme les choses peuvent mal tourner en un clin d'œil, alors qu'il y a quelques instants, nous discutions paisiblement de nos vies.

Je ne lui ai pas raconté que mes parents ont failli se séparer l'an dernier, qu'ils ont perdu leurs postes respectifs à l'université, ou que je suis à peu près sûr qu'ils ont dépensé toutes leurs économies dans leur satanée croisière.

Malgré tout, c'était agréable de parler à quelqu'un qui avait la patience de m'écouter, qui ne me pressait pas de terminer mon histoire, ni d'avoir une opinion sur tout, ni de prendre des fichues décisions…

Et puis soudain, c'est terminé. Nous voilà de nouveau sous la neige, à espérer ne pas être complètement perdus.

C'est impossible. J'ai regardé la carte. Il n'y avait qu'un kilomètre quatre.

— Je suis sûr que c'est là ! je lance à Ammy, me forçant à prendre un ton enjoué.

Je distingue un puits de lumière un peu plus loin, à l'instant où nous franchissons les derniers mètres de forêt.

C'est alors que tous mes espoirs s'effondrent. Je pile. Je suis submergé par la culpabilité.

— Merde ! je fulmine.

Ammy ne s'arrête pas assez vite et me rentre dedans. Lorsque je me tourne vers elle, elle doit lire dans mes yeux que les nouvelles ne sont pas bonnes.

— Je suis tellement désolé, je confesse.

— Comment ça ? Qu'est-ce qu'il y a ?

Elle passe devant moi et voit à son tour ce qui nous attend. La façade arrière d'une maison un peu délabrée avec des fissures aux murs et un toit qui s'affaisse. Le jardin est envahi par les mauvaises herbes, d'où émergent quelques jouets, et même une piscine en plastique à demi déchirée, remplie de neige.

Ammy regarde droit devant elle.

— Dis-moi qu'il y a un arrêt de bus derrière cette maison.

Au moins, son ton est calme. C'est un soulagement.

Sur mon écran, les petites barres verticales, signes du réseau, apparaissent enfin. Mais je n'ai pas besoin de consulter la carte. Alors que le document se charge, j'entrevois ce qui se trouve derrière la maison : le fleuve Hudson. Gelé. Stagnant. Probablement rempli de cadavres si on le remontait jusqu'à New York.

On est partis du mauvais côté.

— On aurait dû prendre à droite en descendant du train, j'annonce à Ammy. Pas à gauche.

— Tu plaisantes ? demande-t-elle d'une voix posée.

Mon cœur bat à tout rompre, ma respiration devient saccadée.

— Je crois que la carte était à l'envers, dis-je en touchant l'écran pour la recentrer. Je suis vraiment désolé.

Mais elle ne s'énerve toujours pas. Presque comme si elle savait que je n'attends que ça pour craquer à mon tour.

Ammy regarde la maison, puis désigne du doigt une allée en gravier sur le côté.

— Il y a deux voitures, constate-t-elle. Quelqu'un doit être à l'intérieur. Il pourrait nous conduire ? Ou nous préparer du chocolat chaud ? Les gens de la campagne sont accueillants en général, non ?

Je secoue tristement la tête en guise de réponse, puis je recule lentement, tandis que des frissons me parcourent la colonne vertébrale. Mais cette fois, ce n'est pas à cause du froid. Je montre à Ammy deux pancartes que je n'avais pas vues jusque-là, trop absorbé par l'itinéraire… le fleuve… l'énorme faille dans notre plan…

Sur la première pancarte, une inscription au feutre nous annonce la couleur : « EN VERTU DU DEUXIÈME AMENDEMENT, JE PROTÈGE MA PROPRIÉTÉ – DÉFENSE D'ENTRER !!! »

Sur le second écriteau, qui a dû être commandé sur Internet, l'annonce est tout aussi engageante : « LES FLINGUES AVANT LES FEMMES ». L'inscription est agrémentée de la silhouette plantureuse d'une fille et de ce qui doit être un fusil d'assaut.

— Et merde, murmure Ammy. Je croyais que les New-Yorkais étaient plutôt anti-armes à feu ?

Je n'ai pas le temps de lui expliquer que nous ne sommes plus en ville et que c'est différent ici. J'entends soudain un claquement sec.

Ayant grandi à la campagne, je connais bien ce bruit. Mon cœur bat à mille à l'heure. J'attrape la valise d'Ammy, je lui indique la forêt du menton et je crie :

— Cours !

Nous détalons à toutes jambes.

AMMY

14 h 35

— Bon sang, je souffle.

Noah porte toujours ma valise quand nous atteignons l'autre côté de la forêt. Nous avons couru tellement vite que j'ai du mal à respirer. L'air glacial me gèle les poumons de l'intérieur.

— Tu crois vraiment que c'était des coups de feu ? je l'interroge.

Noah fait volte-face, toujours fébrile.

— Franchement, je ne sais pas, mais je n'allais pas attendre la confirmation.

— Moi non plus.

Mon jean, déjà éraflé, s'est déchiré au genou (courir à travers les bois n'est pas bon pour les vêtements) et le froid attaque le centimètre carré de peau exposée. Au moins, notre fuite m'a réchauffé le reste du corps.

J'examine Noah. La manche de sa veste s'est elle aussi déchirée et son visage est cramoisi.

Nos regards se croisent et nous échangeons un sourire. Du moins, je me force à sourire pour ne pas éclater en sanglots. Je parierais qu'il est dans le même état d'esprit.

— Tu ne t'attendais pas à devoir esquiver des coups de feu sur le trajet, hein ? me lance-t-il.

— Franchement pas, je rétorque en laissant échapper un petit rire.

Le silence se fait. J'aimerais savoir ce qu'il pense, s'il est aussi inquiet que moi.

— Alors, qu'est-ce qu'on fait ? je finis par demander.

Il me montre la carte. Il n'y a de nouveau plus de réseau (on a vraiment un problème de couverture dans le nord de l'État) mais l'image est déjà chargée.

— On a carrément pris la mauvaise direction, m'explique-t-il en désignant le chemin d'un doigt déjà bleuâtre. Il faut donc qu'on retourne vers le train. Une fois qu'on y sera, si on voit qu'il est prêt à repartir, on remonte à bord, sinon, on marche jusqu'à l'arrêt de bus. Le prochain est à quinze heures, et le suivant à quinze heures trente. Tu seras en retard, mais c'est mieux que rien.

Je hausse les épaules. Au moins, j'aurai essayé. Et je pourrai encore porter un toast à mon père et Sophie sans avoir à écouter leurs vœux dégoulinants de bons sentiments.

— Pas le choix de toute façon.

— Je suis désolé, répète-t-il en secouant la tête.

— T'inquiète.

Nous revenons sur nos pas, visibles dans la neige quoique déjà à demi recouverts de flocons.

C'est étrange de penser que nos traces s'effacent si rapidement. Si seulement la vie était comme ça. Les égarements de mon père ne seraient que des empreintes de pas dans la neige que le temps finirait par faire disparaître.

Après avoir traversé la clairière, Noah, en parfait gentleman (sans le moindre sens de l'orientation) insiste pour continuer à porter ma valise, malgré son gros sac à dos. Cette fois, je ne refuse pas ; il me doit bien ça et le froid a raison de mes convictions féministes.

Nous gardons un bon rythme ; il nous reste au moins vingt minutes de marche pour retourner au train, puis encore vingt pour rejoindre l'arrêt de bus. Nous louperons certainement celui de quinze heures, mais nous devrions attraper celui de quinze heures trente – enfin, j'espère.

— Et si on jouait à Questions ? je demande à Noah, histoire de passer le temps et de me distraire du froid qui me pince douloureusement le visage.

— Questions ?

— C'est un jeu auquel je jouais avec mes amies. C'est très facile. Je pose une question et on y répond tous les deux. Puis tu en poses une. Et ainsi de suite.

— Une conversation, quoi ? pouffe-t-il.

— Oui, en gros. Mais on n'a pas besoin de réfléchir ni de mettre les formes. On pose simplement nos questions l'un après l'autre. Crois-moi, c'est marrant. Comme Action ou vérité, sans les actions. En plus, on n'a rien d'autre à faire pour le moment.

Et puis, ce jeu m'a toujours remonté le moral. Deux ou trois tours de questions avec Dara et Simone, et j'ai l'impression de quitter mon monde pour un petit moment et de pénétrer dans le leur.

— Bon, d'accord, accepte-t-il. Mais tu commences.

— D'accord, qu'est-ce que tu préfères : les Skittles ou les Mentos ?

Noah éclate de rire.

— C'est ça, ta question ?

— Je n'ai pas dit qu'elles devaient être sérieuses.

Il hausse les sourcils.

— Les Skittles, bien sûr, tranche-t-il.

— Tu ne sais pas ce que tu rates. Les Mentos sont bien meilleurs.

— Quoi qu'il en soit, je donnerais n'importe quoi pour avoir l'un ou l'autre maintenant, gémit-il.

— Pareil !

— Bon, reprend Noah. On interdit les questions de bouffe. Quel est ton livre préféré ?

— Probablement *Anna Karénine*. C'est comme un feuilleton plein de drames mais hyper intelligent. Et Tolstoï fait tellement d'observations géniales.

— Oui, c'est vraiment un super roman, ajoute-t-il dans un sourire.

— N'est-ce pas ? Alors, et le tien ? *Hunger Games* peut-être ?

— Hé ! Attention, proteste Noah en tirant un grand coup sur ma valise. Je porte tes affaires, t'as intérêt à être gentille.

— D'accord, d'accord, dis-je en riant. Lequel alors ?

— *Beloved*, de Toni Morrison. La plus belle histoire de fantôme, et la meilleure histoire tout court, de tous les temps.

Je dois bien admettre, même si je ne le dis pas à voix haute, que c'est un bon choix. Un très bon choix.

Nous continuons d'avancer, protégés de la neige par les arbres.

— Tu as des frères et sœurs ? je demande.

— C'est facile comme question, répond Noah. Non. Juste moi.

— Vraiment ? Moi non plus. Ça te convient ou pas ?

Noah fait « non » de la tête.

— J'ai toujours rêvé d'avoir un petit frère. Quelqu'un à embêter, tu vois ?

Non, je ne vois pas, car j'ai toujours aimé être fille unique. Avoir ma petite famille. Du moins, jusqu'à récemment.

Au bout d'une minute, il reprend :

— Quand as-tu échangé ton premier baiser ?

Mon cœur s'emballe et je sens que mes joues virent au carmin – et pas à cause du froid. L'année dernière seulement, avec l'un des cousins de Dara qui n'était même pas spécialement mignon.

Mais il ne me laisse pas le temps de répondre.

— Moi, c'était à huit ans, avec une fille prénommée Cora qui vivait en bas de ma rue, mais elle a embrassé un autre garçon le même jour et je me suis senti nul.

Ça me fait rire. Et comme je n'ajoute rien, Noah n'insiste pas. Je crois qu'il a compris le principe du jeu.

La neige continue de tomber, passant à travers les hautes branches. Tandis que j'essaye de visualiser la chambre de Kat, la promesse d'un marathon *Friends* et d'un déballage de potins, les questions se font plus sérieuses.

Noah me demande où je me vois dans dix ans. Je lui réponds que je n'en ai pas la moindre idée. Non seulement parce que c'est le cas, mais aussi parce que c'est une drôle de question pour quelqu'un d'à peine dix-huit ans.

En réalité, pour l'instant, je me contente de vivre au jour le jour. Je refuse d'imaginer l'avenir car je ne crois plus que « tout va bien se passer ». Dix ans, c'est très long. Tellement de choses peuvent survenir en dix ans. Tellement de choses sont arrivées cette année. Des choses que je n'aurais jamais crues possibles.

Noah me parle ensuite de son projet d'obtenir un jour une chaire de littérature comparée. C'est incroyable à quel point il a réfléchi aux moindres détails. Nous sommes si différents. Je ne sais même pas à quelles universités je vais postuler (pourtant je dois me décider bientôt) et encore moins ce que je vais étudier, ce que je veux faire de ma vie.

À un moment, je lui pose la question qui revenait toujours avec Dara et Simone :

— Quel est ton plus grand regret ?

Il pivote vers moi, les cheveux constellés de flocons. Nous nous trouvons dans une étroite clairière, plus petite que la précédente, et l'espace d'un instant, nous sommes seuls au monde.

— Je ne crois pas aux regrets, lâche-t-il.

— Oh ! Allez. Tout le monde a des regrets.

— Je ne pense vraiment pas qu'il soit bon de s'appesantir sur le passé.

— C'est ça, dis-je avec un haussement d'épaules. Tu n'es pas obligé de répondre, mais pas la peine de partir dans des considérations philosophiques.

Il s'écarte, sort de notre petit monde. Il parle sans tourner la tête vers moi, comme s'il s'adressait aux arbres, mais je l'entends quand même.

— Je ne crois pas aux regrets. Vraiment pas. C'est une horrible manière de vivre, que de regretter le passé. Mmh… Est-ce que je peux quand même dire une chose que j'aurais aimé faire différemment ?

— Euh, ça revient au même, mec, je rétorque, amusée.

— Mais non. Les regrets sont remplis de chagrin. Ils ne servent à rien. Se dire qu'on aurait aimé agir différemment, c'est apprendre de ses erreurs. (Il marque une pause.) J'aurais aimé ne pas rompre avec Rina.

Il accélère le pas et je l'imite.

— C'était ta faute, alors ?

Il tourne la tête vers moi.

— Ça fait deux questions.

Les pensées tourbillonnent dans ma tête. Je me demande ce qu'il s'est vraiment passé entre eux, mais je n'ai pas le temps de m'interroger davantage car Noah s'arrête et me fait de nouveau face.

— Et toi alors ? Qu'est-ce que tu aimerais ne pas avoir fait ?

Mes lèvres s'entrouvrent et, soudain, les mots me manquent. C'est la manière si directe dont il a formulé sa question. Avant, quand je jouais à ce jeu, je n'avais pas de véritable regret. Je disais regretter d'avoir arrêté la gym à huit ans, ou de m'être inscrite en option informatique plutôt qu'en arts plastiques. Mais rien de tout cela n'avait d'importance. J'ai un *vrai* regret à présent. Je reste persuadée, au fond de moi, que si j'avais agi différemment à Thanksgiving, je ne serais sans doute pas ici.

— Moi, j'ai un vrai regret, que tu y croies ou non, je lui avoue. Parfois, c'est impossible de ne pas s'appesantir sur le passé.

Noah semble me prendre plus au sérieux qu'avant.

— Qu'est-ce que c'est ? demande-t-il sur un ton soudain plus doux.

J'avance de plusieurs pas pour respirer un peu.

— Je vais sauter cette question pour le moment.

Avec ses longues jambes, il me rattrape en quelques secondes. J'ai beau être grande, il me dépasse.

— Tu peux faire ça ?

— Hé ! C'est mon jeu, pas le tien !

Il éclate de rire, mais ne se laisse pas faire.

— Dis-moi autre chose alors. Dis-moi pourquoi tu vas à Hudson.

Il m'adresse un large sourire. Un sourire un peu simplet. Je me rends compte que ses dents ne sont pas du tout alignées et un peu trop espacées. Ses lèvres dévoilent ses gencives. Cette imperfection détonne presque dans son visage aux traits si réguliers.

Puis son sourire s'évanouit. Je ne sais pas ce que j'ai fait, mais mon expression m'a trahie. Il voit que ce n'est pas une histoire de rupture amoureuse. Je m'en veux d'être aussi transparente.

— Désolé, s'empresse-t-il de préciser. Si ça te gêne, tu n'es pas obligée de me le dire. Vraiment.

Je fais la moue, puis me détourne et accélère à nouveau le pas.

— Ce n'est pas une épouvantable tragédie, tu sais, je reprends d'un ton sec. Personne ne va mourir d'un cancer ou d'une insuffisance cardiaque.

Il ne commente pas et les questions s'arrêtent là.

Lorsque nous atteignons une nouvelle clairière, il reprend la tête. Je jette un regard en arrière vers la neige qui tombe si délicatement dans ce cercle blanc dépourvu d'arbres. Elle n'est ni drue ni violente, comme le serait une tempête, mais légère, douce, telles des aigrettes de pissenlit. Ma mère disait toujours que c'était sa neige préférée. Je tends la main pour attraper quelques flocons. Ils se posent sur mon gant et, soudain, je suis transportée dans mon jardin, le jour de mes sept ans. C'était juste avant Thanksgiving. J'avais répété à mes parents que je voulais de la neige pour mon anniversaire, mais ils avaient répondu que dans notre région, il y avait peu de chances d'en voir avant Noël.

Pourtant, mon vœu s'était réalisé. À sept heures du matin, la neige s'était mise à tomber. Lentement, doucement, exactement comme celle-ci. J'avais abandonné mon petit déjeuner et couru à la fenêtre. Mon père avait aussitôt sorti son téléphone pour se faire porter pâle au travail.

J'avais enfilé une veste par-dessus mon pyjama, une paire de gants piquée à ma mère et des après-skis sans chaussettes. Nous avions passé des heures dehors tous les trois à regarder la neige tomber et à danser dans le jardin. Quand le froid se faisait trop sentir, nous rentrions en vitesse boire un bol de chocolat chaud, nous jetions nos vêtements mouillés dans le sèche-linge, et c'était reparti. Dans ces moments calmes où nous attendions que le chocolat chauffe ou que le sèche-linge finisse de tourner, mon père me pinçait le nez en riant et me disait que je ressemblais à Rudolphe le renne au nez rouge. Puis il embrassait ma mère sur les lèvres.

Nous étions si… heureux.

Qu'était-il arrivé ? Que *nous* était-il arrivé ?

— Tu viens ? lance Noah.

Je le suis. Il ne me pose plus de questions. Je crois que mon commentaire sur le cancer l'a refroidi. Un peu trop dramatique. Pourtant, d'après la psy, le divorce est comme la mort. Il faut faire son deuil.

C'est alors que je pense au père de Simone dont le cancer a été diagnostiqué il y a deux ans, et qui est mort six mois plus tard. Simone avait arrêté toutes ses activités extrascolaires. Sa mère, elle, était devenue squelettique. Elle avait glissé une petite mèche de cheveux autour de son alliance afin de ne pas la perdre. Son frère aîné, à l'université Vanderbilt, s'était jeté à corps perdu dans ses études et avait quasiment arrêté de rentrer au domicile familial. Je me souviens que leur maison était devenue comme un musée ; même le programme télé que leur père avait feuilleté était resté sur la table basse du salon.

Mon père à moi est toujours là.

Alors pourquoi est-ce que ça fait encore si mal ?

Nous arrivons enfin à l'orée du bois. Bientôt, nous serons au train et peut-être qu'il sera réparé. Peut-être même que j'arriverai à temps pour la cérémonie. Croisons les doigts.

J'avance dans les pas de Noah sous le soleil.

C'est alors que mon optimisme en prend un coup.

— Non mais je rêve ! je m'écrie.

Je regarde droit devant.

Les rails.

Et le train qui s'éloigne lentement.

Dans la direction opposée.

Je pique un sprint, abandonnant Noah derrière moi.

NOAH

15 h 18

Elle détale à toutes jambes.

Je la regarde, rempli d'effroi, de déception, submergé par autant d'émotions qu'il y a de flocons dans le ciel. Le train s'éloigne comme s'il n'y avait jamais eu le moindre incident technique, me laissant dans le pétrin – ou plutôt dans la neige. Anéantissant tous mes plans avec Rina.

Lorsque Ammy cesse de courir, le train n'est plus qu'un petit point à l'horizon. Quelques secondes plus tard, il a disparu.

Elle se tourne vers moi. Elle est trop loin pour que je distingue son visage, mais je n'ai aucun mal à en imaginer l'expression.

Sa valise est restée à côté de moi dans la neige, abandonnée, comme un enfant perdu, qui attendrait sa maman à l'accueil du centre commercial. Je l'attrape. Elle semble soudain plus lourde qu'avant.

Le vent me gifle violemment les tempes, tandis que je franchis les cent ou deux cents mètres qui me séparent d'Ammy. La neige tombe dru désormais.

Voilà pourquoi je n'ai jamais été aventureux, Rina. Parce que les choses ne se passent jamais comme il faut.

À mon approche, Ammy pose ses mains sur ses hanches. Elle est blême de colère.

— Je suis désolé, je bafouille.

Elle secoue la tête ; ses cheveux courts lui fouettent les joues.

— Tu m'as dit que ton ami était resté bloqué pendant des heures, déclare-t-elle.

Sa voix se brise, ses yeux brillent. Je suis pris d'une envie étrange de lâcher sa valise, de balancer mon sac à dos par terre et de la serrer fort dans mes bras. De résoudre tous ses problèmes, même si elle refuse d'en parler.

— Je suis désolé, je répète.

Elle prend une profonde inspiration.

— J'étais censée…

Cette fois, sa voix ne vacille pas et, durant un instant, je crois qu'elle va me dire pourquoi elle doit être à Hudson à dix-sept heures.

Qui doit-elle retrouver ? Pourquoi est-ce si important ? Qu'est-ce qui la bouleverse à ce point ? L'idée que quelqu'un l'ait blessée – un copain, une amie, un parent, qui que ce soit – me rend étonnamment furieux. J'en oublie presque que mon plan tombe à l'eau lui aussi.

Elle se mord la lèvre et n'ajoute rien de plus. Un ange passe…

Je regarde alentour : la voie ferrée déserte, la portion d'acier couverte de neige, les arbres de part et d'autre… Rien d'autre. Ce n'est même pas un arrêt autorisé. Si les trains circulent encore par ce temps, le prochain passera sans ralentir devant deux ados assez bêtes pour descendre d'un Amtrak en panne à la recherche d'un bus.

— Il est presque quinze heures trente. Il faut qu'on aille prendre le bus, dis-je. C'est ce qu'on aurait fait si le train avait encore été arrêté en pleine voie. Ça ne change rien. On peut toujours attraper celui de seize heures.

— Si, ça change quelque chose, réplique-t-elle. Parce que sans ton idée stupide, on serait en route vers Hudson à l'heure qu'il est.

Dans un flash, je vois Rina et ses reproches à mon égard.

Je ne réponds rien, alors Ammy reprend sa valise et s'éloigne, la hissant par-dessus les rails déserts. Je m'assure qu'aucun train ne pointe à l'horizon avant de la suivre.

— Ammy, attends ! je l'appelle. On est tous les deux dans la même galère.

Elle fait volte-face.

— Tous les deux ? C'est à cause de toi que j'y suis !

— Tu ne sais même pas où aller, je proteste.

— Je sais lire une carte aussi bien que toi, rétorque-t-elle amèrement. Mieux, même, parce que n'importe quel imbécile sait que le train se dirigeait plein nord. Et qu'en prenant à droite après être descendu à l'arrière, on allait forcément du mauvais côté.

Ses paroles me blessent. Elle a raison. J'aurais dû le savoir.

— Alors pourquoi tu ne me l'as pas dit ?

— Parce que je n'avais pas la moindre idée d'où on allait ! soupire-t-elle. Je ne savais pas qu'il fallait s'éloigner du fleuve.

— La carte m'a embrouillé. Je suis désolé.

— Peu importe. Avance.

Ammy est bien plus grande que Rina, qui fait une tête de moins que moi. Ses yeux, qui arrivent presque à la hauteur des miens, sont bouffis et fatigués. En apparence, elle est furieuse et avance fièrement. Mais quand je m'attarde sur ses grands yeux marron, je ne vois que de la douleur et de la déception.

Quelque chose d'autre également… De la peur ?

Et pas seulement parce qu'on a loupé le train. J'en mettrais ma main au feu.

Le vers du poète Lord Tennyson n'a jamais été aussi approprié, me dis-je en contemplant Ammy :

« On peut lire en ses yeux sa muette prière[1]. »

Je pose mes mains sur ses épaules.

1. Traduction de Léon Morel, *In Memoriam*, Hachette, 1898.

— Je me suis planté. Je le sais. Et je suis désolé. Je voulais juste aider.

Je sens ses muscles se relâcher légèrement, tandis que ses yeux papillotent vers le sol.

— Je pensais que ça marcherait, je poursuis. Qu'on arriverait à Hudson avant tout le monde. Je ne t'aurais pas demandé de m'accompagner sinon.

Elle se dégage mais ne dit rien.

Je ne veux rien de plus au monde que reconquérir Rina, mais je veux aussi aider Ammy. Vraiment. Pas juste pour mon karma. Elle semble faire partie de ceux qui ne demandent jamais d'aide, mais qui en ont le plus besoin. Je suis pareil.

— Maintenant, on est dans le même bateau et mieux vaut ne pas se séparer, dis-je avec un léger sourire. Même si on n'est pas dans un mauvais film d'horreur !

Elle pouffe discrètement.

Mon sourire s'élargit.

— Je suis encore furieuse contre toi, affirme-t-elle en réprimant son rire.

Avec un haussement d'épaules, j'empoigne sa valise, bien décidé à tout faire pour attraper le bus de seize heures.

À ma grande surprise, elle ne proteste pas.

AMMY

15 h 43

Nous marchons d'un bon pas, Noah en tête. Cette fois, nous allons dans la bonne direction. J'ai du réseau par intermittence et je vois notre petit point bleu sur la carte se rapprocher peu à peu de l'arrêt de bus devant nous. Je m'en veux quand même d'avoir blessé Noah en lui faisant remarquer son mauvais sens de l'orientation.

Les arbres sont plus clairsemés de ce côté-ci et Noah, du haut de ses longues jambes, avale les mètres d'un pas décidé. Je dois accélérer pour ne pas me laisser distancer, pressée d'arriver à destination.

Par chance, il ne dit rien. Il est le genre de personne qui invite aux confidences, à qui l'on raconte tous ses secrets si l'on n'y prend pas garde. C'est son regard. Un regard de gentil petit animal sur un visage de mec baraqué. Des yeux tout ronds qui semblent murmurer : « Je veux juste t'aider. » C'est passablement perturbant.

Je ne veux pas tout raconter à Noah. Je sais bien ce qu'il se passe quand je commence à parler de mes parents. Les gens ont pitié de moi. C'est humiliant. Et je finis toujours par pleurer, ce qui est pire encore. Je ne suis pas comme ces filles qui vont pleurnicher sur l'épaule du premier mec venu dès que les choses tournent mal.

Je sens ma poche vibrer et je m'aperçois que je n'ai pas donné de nouvelles à Kat depuis que je lui ai annoncé que je serais à l'heure. Je sors mon portable. Deux nouveaux messages. Le premier vient de ma mère :

Je n'ai jamais voulu que ça se passe comme ça.

Je passe à celui de Kat, le cœur serré à l'idée de la décevoir.

Tu arrives bientôt ?

Je lui réponds aussitôt :

Non finalement je vais être en retard. On est descendus du train et on va prendre le bus.

Euh... qui ça, *on* ??

Personne. Il a une copine de toute façon.

Ce qui n'est pas tout à fait vrai, mais pas complètement faux non plus.

Tu penses réussir à arriver à temps pour la cérémonie ? J'ai besoin de toi !!!!

Je fais de mon mieux.

OK, j'espère que ça va marcher !!! PS : ma mère est en panique totale pour sa robe mais si tu as besoin que je vienne te chercher, j'essayerai de m'échapper.

OK, je te tiens au courant.

À plus, sœurette !

Ce dernier mot me va droit au cœur et je me sens attirée comme par un aimant vers ma nouvelle famille. Ridicule.

Quand je suis revenue en Virginie après mon séjour là-bas l'été dernier, ma mère a insisté pour que je lui raconte tout dans les moindres détails. J'ai prétendu que ç'avait été horrible pour ne pas la blesser. J'étais du côté de ma mère. Et je le suis toujours. Pourtant, être du côté de mon père me semble tellement plus simple parfois. Surtout quand j'y gagne une sœur.

Noah se tourne vers moi si vivement que je manque de lui rentrer dedans ; nos visages se retrouvent tout proches. J'y remédie aussitôt en reculant de trois pas.

— Tout va bien ? demande-t-il.

Je hoche la tête en me dandinant d'une jambe sur l'autre. Après avoir marché *bien plus* d'un kilomètre quatre dans la neige, mes chaussures sont trempées. Les arbres ont beau nous protéger, il suffit de jeter un coup d'œil au ciel pour voir que la neige ne va pas s'arrêter de tomber de sitôt.

— Tant mieux, continue-t-il, même s'il ne semble pas me croire. Parce que je suis à peu près sûr qu'on a retrouvé la civilisation.

Il sourit comme si un vrai miracle venait de se dérouler sous nos yeux. Ou comme si l'un de ces parachutes argentés de *Hunger Games* était tombé du ciel. (Oui, j'ai regardé les films et, OK, ils étaient pas mal.)

Quelques mètres plus loin, la voilà.

— Une route ! je m'exclame. Avec du vrai béton !

Je m'y précipite et je saute dessus à pieds joints. Je patauge dans la boue sur la chaussée, mais je m'en moque. La ligne jaune qui la sépare en deux est la plus belle chose que j'aie vue de ma vie.

— Bon sang ! s'écrie Noah derrière moi. Pousse-toi de là, c'est un virage aveugle !

— Oups. Désolée, dis-je en reculant d'un pas.

Il secoue la tête.

Son comportement prévenant me touche. Il doit aimer prendre soin des autres.

Noah inspecte à droite et à gauche, puis traverse ; je le suis. Nous longeons la bande d'arrêt d'urgence sur une dizaine de mètres, avant de tourner sur une route plus étroite bordée d'un trottoir. Et là : une supérette. Dieu soit loué ! Je n'ai jamais été aussi contente de voir l'enseigne vert et orange d'un *7-Eleven*.

Noah suit mon regard.

— Quoi, il n'y a pas de *7-Eleven* à Roanoke ? demande-t-il. On dirait que tu viens de voir le Messie.

Je ris.

— Ç'est presque l'effet que ça me fait.

Je ne m'appesantis pas sur le fait qu'il se rappelle le nom exact de ma ville natale, que j'avais mentionnée au tout début de notre périple. Pourtant, cela me fait chaud au cœur.

— Un petit goûter, ça te tente ? propose-t-il.

Je secoue violemment la tête.

— Je ne veux rien qui puisse nous faire rater ce bus !

— Je sais, je sais. Je plaisantais. Qui sait, peut-être qu'on en rira un jour ? C'est ce qu'on dit dans ce genre de situation, non ?

Je hausse un sourcil en tendant le bras pour récupérer ma valise maintenant que la route est plus praticable, mais il repousse ma main.

— Je vais me retenir de rire jusqu'à ce qu'on soit dans le bus, merci bien, je réplique.

— Je comprends. Mais ne me dis pas que tu ne vas pas garder cette histoire dans un coin de ta tête pour la raconter à Ammy Junior un de ces jours. La fois où tu t'es perdue dans la neige avec un inconnu, où tu as failli te faire tirer dessus, mais où tu as fini par retrouver ton chemin. C'est presque romantique, comme dans un vieux film…

Je me revois penser la même chose en montant dans le train. Je savais que Noah était un grand sentimental avec ses fleurs nunuches et tout le reste, mais là, ce n'est pas pareil. Ce désir de mettre de la magie autour de soi… Tout le monde n'est pas comme ça.

Ma mère l'est. D'ailleurs, c'est ce qui lui rend la vie si dure. Elle n'était jamais tout à fait heureuse dans le monde réel dans lequel elle vivait, car elle attendait que tout soit merveilleux. Elle ne voulait pas de ce monde jusqu'à ce qu'il s'effondre.

— Allez, insiste-t-il. Avoue que j'ai raison.

Sur ma droite, j'aperçois une grande rue pleine de charme. Des façades en brique. Des enseignes vintage. Un vieux cinéma qui semble avoir été transformé en bar ou en salle de concert.

Noah a raison, cette histoire est *presque* romantique. Un instant, je me laisse aller à repenser à ses mains sur mes épaules, à ses yeux noisette croisant les miens alors qu'il tentait de me calmer. Nous étions si proches que je voyais les taches de rousseur qui constellent ses paupières.

Arrête, ça suffit. Le froid doit me monter à la tête, mais je ne peux m'empêcher d'y penser.

Ce film de Frank Capra des années trente, que ma mère adore, me revient alors à l'esprit : *New York-Miami*. Une riche héritière fuit un mariage arrangé et rencontre un type dans un bus, lequel tombe en panne, ils continuent donc la route ensemble et… on devine la suite.

Enfin, rien à voir avec notre situation, puisque l'amour est pour moi un terrain glissant. Hors de question de devenir comme ma mère, rongée par ses questions obsessionnelles et son refus de lâcher prise. Les photos d'elle et mon père qu'elle garde un peu partout dans la maison alors qu'elle me répète à longueur de journée à quel point elle le déteste. Ses cris quand je lui suggère de parler d'autre chose ; quand son désespoir la submerge.

J'aimerais parfois qu'elle se comporte davantage comme une maman.

En même temps, pas question non plus de prendre exemple sur mon père et de m'imaginer que l'amour triomphe de tout, comme une gamine.

La remarque de Noah sur le romantisme de la situation reste en suspens et je décide de l'anéantir.

— Ce serait plutôt un mauvais feuilleton. Tu sais, où un mec profite d'une gentille fille et la mène à sa perte…, je lance avec un petit rire forcé.

Il me sourit, puis s'arrête au carrefour pour laisser passer une voiture. Encore ce sourire en coin. Il doit être la seule personne au monde à être séduisant en orange fluo.

— On y est presque, annonce-t-il. Tu comptes t'asseoir à côté de moi ou tu t'es lassée de ma présence ?

Je garde les yeux rivés sur le feu.

— On verra ça une fois dans le bus. (Il semble blessé, comme s'il me prenait au sérieux.) Ne t'inquiète pas, je ne te laisserai pas le prendre tout seul.

— Ouf ! s'exclame-t-il avec emphase alors que le feu passe au vert. Je m'inquiétais. Surtout que ma liseuse est morte.

— Quelle heure est-il ?

— Quatre heures moins le quart. On a largement le temps, on y est presque.

— Il nous faut des tickets ?

Noah hoche la tête.

— Ne t'inquiète pas, je te paye le tien. Je te dois bien ça.

— Oh ! Je ne voulais pas…

Il m'adresse un sourire radieux et le soleil d'hiver fait scintiller les flocons sur ses cils.

— J'insiste.

Je lève les yeux au ciel, mais au fond de moi, je souris. Juste un peu.

NOAH

15 h 50

C'EST BIEN LA PREMIÈRE FOIS qu'un tel mouvement me fait cet effet. Quand elle lève ainsi les yeux au ciel, c'est comme si elle me défiait tout en restant solidaire. Elle me taquine, mais ça me fait chaud au cœur.

Bon sang, il faut que j'arrête d'analyser ses moindres faits et gestes.

Ne pas oublier : Rina, Rina, Rina, Rina.

Quand Rina n'était pas d'accord avec moi, ça virait tout de suite au drame, sans doute parce que nos désaccords étaient trop importants. Je n'étais pas prêt à être celui dont elle avait besoin. Mais maintenant, après avoir arpenté des kilomètres dans la neige avec une inconnue, je la mets au défi de me dire que je ne fais jamais rien.

Je vérifie mon téléphone.

— Ça y est. Droit devant. Juste là.

— Quelle heure est-il ? demande Ammy.

— Cinquante et une. On y est.

Un flocon se pose sur ses lèvres, qu'elle presse l'une contre l'autre, comme pour le goûter. Elle sourit et je remarque pour la première fois que sa bouche est plutôt petite, avec des lèvres pulpeuses juste ce qu'il faut. Le genre de bouche qu'un imbécile de chirurgien à Beverly Hills suggérerait de gonfler au collagène. Elle est pourtant parfaite comme elle est.

Je me détourne.

Par-delà quelques épiceries miteuses et une station-service, j'aperçois au loin devant nous le bâtiment en brique de la gare routière. Je ne parviens pas à déchiffrer le message plaqué sur la façade, mais il doit annoncer « Bus Hudson Express », j'en suis sûr.

On y est presque.

Une voiture nous dépasse en trombe et laisse des traces dans la neige boueuse. C'est l'un des rares véhicules sur la route. Les gens normaux, ceux qui n'ont pas décidé de se rendre à Hudson par romantisme en pleine tempête hivernale, se sont réfugiés chez eux. Ils regardent des séries en famille et essayent de trouver un restaurant qui livre des pizzas par ce temps.

Je me demande ce que fait Rina. Je l'imagine dans sa chambre, sur son lit en fer forgé qui ressemble à celui d'une princesse de l'ère victorienne… pas vraiment idéal pour batifoler discrètement !

Est-elle en train de lire ? Murakami, ça m'étonnerait. Elle préfère les pièces de théâtre, en tant que future comédienne. Je reconnais qu'elle a une vraie présence, des expressions, une manière de faire porter sa voix.

Est-ce qu'elle cherche un cursus de théâtre pour l'année prochaine ? Ou est-elle en train de faire une de ces longues siestes dont elle a le secret ? Je repense à notre dernière semaine ensemble au lac George, juste après ma remise de diplômes. Parfois, quand je revenais de la plage, je la trouvais au lit en plein milieu de la journée. Illuminée par les rayons de soleil qui perçaient à travers la fenêtre. Je voyais tout. La minuscule cicatrice sur son menton, là où elle avait percuté une table basse étant petite. Le petit bouton qui pointait à force de se tartiner de crème solaire toute la journée. Ses cils plus blonds que noirs sans mascara. Son visage si angélique quand elle dormait.

Dès le début, Bryson m'avait prévenu qu'elle n'était pas assez bien pour moi. Un jour, nous étions arrivés en retard au cinéma, et il ne restait plus que des sièges au premier rang. Rina avait passé l'heure et demie à soupirer bruyamment. Bryson m'avait pris à part à la fin du film, et avait fait quelques remarques bien senties sur son comportement. J'avais eu le sentiment de devoir choisir entre mon meilleur ami et ma copine.

Le choix a été vite fait.

Je n'ai pas beaucoup côtoyé Bryson durant cette année-là. Il a fini par comprendre que j'étais amoureux. En première, nous étions tous redevenus amis.

Il était ravi quand j'ai quitté Rina. Fou de joie, même. Trois jours plus tard, il m'a emmené faire la fête chez un type d'un an plus vieux que nous. J'ai bu trois bières ce soir-là, ce qui était beaucoup pour moi…

Parfois, je me dis que les choses se seraient passées différemment si je n'étais pas resté ami avec Bryson.

— Hé ! ho ! lance Ammy.

Je sors de ma rêverie et me tourne vers elle. Elle me regarde fixement.

— Je t'ai demandé où était à ton avis le guichet automatique.

— Tu es vraiment inquiète, dis donc.

— C'est ma dernière chance d'arriver à une heure raisonnable, admet-elle en fronçant les sourcils. Je ne veux pas passer à côté.

— Pardon, je réponds avec un pincement de culpabilité. J'imagine qu'il y a une borne, en plus du type au guichet, mais on ne sait jamais trop avec les petits arrêts. Allons voir. On a encore le temps.

Elle hoche la tête et nous traversons le parking en direction du bâtiment en brique. Un car est stationné. Un grand. Allé luia !

— Je n'aurais jamais cru être aussi heureuse de voir un bus, se réjouit Ammy en accélérant le pas.

— Moi non plus.

— Quelle heure ?

— Cinquante-trois.

— Parfait. Je déteste être pressée dans ce genre de situation.

— Pareil.

Il n'y a pas de borne automatique, si bien que nous nous dirigeons vers le guichet. Le vendeur nous tourne le dos. Une pancarte est accrochée à la vitre : « Tous les bus du soir annulés pour cause de neige. »

Derrière nous, le vrombissement d'un moteur retentit.

— Oh ! C'est pas vrai ! crie une voix consternée dans mon dos.

Ammy pique alors le même sprint désespéré que tout à l'heure le long des rails. Le bus est déjà à l'autre bout du parking. Après dix mètres à peine, elle abandonne, abattue.

— Dis-moi que ce n'était pas notre bus, supplie-t-elle, hors d'haleine, en revenant vers moi.

— Ça ne se peut pas, je confirme en vérifiant quand même sur mon téléphone qui est sur le point de s'éteindre.

Quinze heures cinquante-quatre. Pas possible. Je cogne contre la vitre du guichet.

— Excusez-moi. S'il vous plaît.

L'homme nous toise et désigne la pancarte du doigt. La respiration d'Ammy s'accélère près de mon oreille.

— Ne t'inquiète pas, je lui souffle. Ça va aller.

Je cogne de nouveau contre la vitre. Le vendeur, la cinquantaine, semble épuisé. Il lève le menton, s'assied et se penche vers le micro.

— Oui ? Je peux vous aider ?

— Ce n'était pas le bus de seize heures, si ? je l'interroge.

L'homme secoue la tête et une vague de soulagement me submerge.

— C'était celui de quinze heures trente, annonce-t-il. Il a été retardé à cause du mauvais temps.

— Ce n'était pas celui de seize heures ! dis-je à Ammy, aux anges.

Ses yeux s'illuminent et je suis soudain frappé par une pensée impossible à refouler : elle est tellement belle quand elle est heureuse.

— Est-ce qu'on peut avoir deux tickets pour le bus de seize heures s'il vous plaît ? je demande.

L'homme me montre de nouveau la pancarte d'un geste suffisant, l'air de dire : « Ah ! Ces jeunes incapables de survivre dix minutes sans leur précieux téléphone portable, mais qui ne savent pas lire un panneau ! »

— Jeune homme, ce bus a été annulé. Tous les autres bus de la journée ont été annulés pour cause de tempête. La neige va tomber toute la nuit. D'où la pancarte.

Mon cœur se décroche et dégringole jusque dans mon estomac.

— Est-ce qu'il y a un autre bus après ? je m'enquiers.

— Vous savez lire, jeune homme ?

— Je pose juste la question !

L'agent s'éclaircit la voix et toute la frustration accumulée ces cinquante dernières années se dessine sur son visage.

— Je rentre chez moi, jeune homme.

Je le regarde ranger ses affaires, incrédule.

On est foutus. Complètement foutus. Il n'y a plus de bus. Le train est parti depuis longtemps. Les taxis ne circulent probablement pas, et encore faudrait-il qu'il y en ait dans ce trou perdu.

Je ne vais pas rejoindre Rina ce soir. On va perdre notre réservation, louper notre anniversaire. Tout.

J'arriverai demain, un jour comme les autres, avec une excuse minable, et elle me claquera probablement la porte au nez.

J'ai aussi gâché la soirée d'Ammy, quelle qu'elle fût. Au temps pour moi. Tant pis pour mon karma.

Je jette un coup d'œil inquiet vers elle, prêt à essuyer sa colère, sa fureur, ses larmes, d'autant plus que je le mérite. Mais elle éclate de rire. Pliée en deux, une main sur la poignée de sa valise, l'autre sur son estomac. Elle est secouée d'un fou rire incontrôlable.

Je me retourne vers le guichetier qui s'interrompt un instant et hausse les épaules, me lançant un de ces regards qu'échangent parfois les mecs quand une fille fait quelque chose d'incompréhensible.

— Ça va, Ammy ? je lui demande.

Elle met du temps à se calmer, puis finit par hocher la tête.

— Oui, ça va, parvient-elle à articuler.

— Mais… on est foutus, j'enfonce le clou.

Elle recommence à rire.

— Oh ! Je sais.

— Mais…

Elle se tient bien droite et pose une main sur sa hanche.

— Écoute, m'interrompt-elle. J'ai couru après deux moyens de transport différents que j'ai ratés à quelques minutes près. La neige n'a pas l'air de vouloir s'arrêter. Je suis coincée au milieu de nulle part avec un mec que je connais à peine. Mieux vaut en rire qu'en pleurer, non ?

Je lâche un profond soupir de soulagement, mais son humeur joyeuse ne me remonte pas le moral pour autant.

— Je ne sais pas quoi faire, je lui confesse.

— Je n'ai plus que dix pour cent de batterie sur mon portable, dit-elle. Et toi ?

Je vérifie.

— Plus qu'un.

— Je m'en doutais. Il doit bien y avoir un café ou un restau dans le coin. Allons recharger nos téléphones et réfléchir à un nouveau plan.

Ammy s'éloigne d'un pas étonnamment léger.

— Si tu le dis. Mais tous mes plans de la journée sont tombés à l'eau.

Elle rit de nouveau.

— Allez, viens, réplique-t-elle, déjà au milieu du parking.

Elle ne sait pas où elle va. Moi non plus, et mon téléphone est à deux doigts de rendre l'âme. Au moins, elle fait quelque chose. Toute la pression ne repose plus sur mes seules épaules. Nous sommes une équipe à présent et elle a décidé de prendre les rênes. Elle ne me connaît peut-être qu'à peine, mais elle a compris que j'avais besoin d'aide.

Je lui en suis infiniment reconnaissant.

AMMY

16 h 02

LE TEMPS QUE J'ARRIVE AU BOUT DU PARKING, la réalité m'a déjà rattrapée. Mon fou rire, mon optimisme forcé pour remonter le moral de Noah, tout cela me paraît tellement... stupide.

Je vais louper le mariage de mon père, cette fois c'est sûr.

Même si l'on arrivait par miracle à mettre au point une stratégie digne de ce nom, on n'arriverait jamais là-bas à temps.

Noah me rejoint.

— Tu sais où tu vas ? demande-t-il.

Je secoue la tête. Nous restons plantés là, à l'entrée du parking, pendant que je fais une rapide recherche sur Internet. Je ne mets pas longtemps à trouver le *Café de la Grand-Rue* qui se trouve – je vous le donne en mille – dans la grande rue, celle que nous avons empruntée pleins d'espoir quelques minutes plus tôt.

Nous retournons donc sur nos pas, à travers les rues désertes.

— Tu crois que c'est ouvert ? interroge Noah.

— C'est censé l'être jusqu'à vingt et une heures. Ça se tente.

Tandis que j'accélère légèrement le pas, mon pied dérape sur une plaque de glace. Noah me rattrape aussitôt, refermant ses bras autour de moi, comme s'il pouvait me protéger de tout.

— Tu vas bien ? murmure-t-il à mon oreille. Attention au verglas.

Je sens de nouveau cet électrochoc, le même frisson intense qui m'a parcourue lorsque, sautant du train, j'avais atterri dans ses bras.

— Ça va… Je crois qu'on y est, je bafouille.

Nous arrivons au *Café de la Grand-Rue* et nous postons sous l'auvent bleu, hésitants devant la façade jaunie. Sur la porte, rien n'indique que l'établissement est ouvert. Je la pousse quand même sans attendre. Une frêle clochette retentit. Victoire !

L'intérieur du café est plongé dans la pénombre, sans âme qui vive, ce qui n'est pas très rassurant.

— Excusez-moi ? C'est ouvert ? j'articule timidement.

Rien.

J'interroge Noah du regard ; je sais que ma peur se lit sur mon visage. Et puis j'imagine, brièvement, ses bras autour de moi… Quand un fracas de casseroles se fait entendre, interrompant mes rêveries ridicules. Une serveuse surgit de la cuisine.

— Deux personnes ? demande-t-elle.

J'opine du chef.

Elle n'est pas beaucoup plus âgée que nous, avec des cheveux roux, des taches de rousseur et une ombre à paupières assortie au bleu vif des luminaires. Elle soupire, la mine renfrognée, fait le tour du comptoir et attrape deux menus poussiéreux qu'elle balance sur une table.

Aussitôt installé, Noah se penche pour regarder sous la table.

— Bonne nouvelle, il y a des prises.

— Dieu merci, dis-je en sortant mon téléphone et mon chargeur de mon sac.

Je désigne ensuite d'un signe de tête les fleurs, mouillées et fanées, qui gisent dans son sac à dos.

— Je crois que tu vas devoir acheter un autre bouquet.

— Sans blague, réplique-t-il avec aigreur. Désolé. Je suis stressé.

— Je sais. Moi aussi.

Noah replonge sous la table pour brancher nos portables. Quand il en émerge, il tente un petit sourire.

— Bravo d'avoir trouvé ce café. J'étais sur le point de m'effondrer sur le parking et de laisser la neige me recouvrir.

— Il fallait bien que quelqu'un garde le navire à flot, je réponds en riant. Tu as tenu la barre toute la journée.

Je grimace intérieurement en repensant à la crise que j'ai piquée un peu plus tôt. Heureusement que la débâcle du bus m'a provoqué ce fou rire. Peut-être que j'ai encore une chance de ne pas finir comme ma mère.

— Vous voulez du café ? demande la serveuse, qui revient en brandissant deux tasses ébréchées et une carafe fumante.

— Comment avez-vous deviné ? je tente de plaisanter.

Sans esquisser le moindre sourire, elle pose brutalement les tasses, verse le café et désigne du doigt les sachets de sucre sur la table.

— Je vous rapporte du lait, déclare-t-elle. Vous avez choisi ?

Elle n'est clairement pas disposée à attendre cinq minutes de plus. Avec Noah, nous échangeons un regard entendu. Il se penche sur le menu et finit par commander un double cheeseburger ; je choisis la même chose.

Alors que la serveuse s'éloigne, il sourit.

— Un double, hein ? commente-t-il en glissant non pas un mais quatre sucres dans sa tasse.

J'ajoute un peu de lait dans la mienne en fronçant les sourcils.

— Quoi ? Tu essayes de me dire que je suis grosse ? On n'a pas besoin d'être un mec d'un mètre quatre-vingts pour commander un double cheeseburger, figure-toi.

Il éclate de rire, puis s'aperçoit que je suis sérieuse. N'importe quel individu masculin devrait savoir qu'on ne plaisante pas avec une fille sur son poids.

— Non, pas du tout ! Tu es parfaite comme tu es, évidemment. Désolé. C'était idiot comme remarque.

Mais j'entends à peine ses excuses, trop focalisée sur son petit « évidemment ». Je me sens rougir et plonge le nez dans mon café. Puis nous relevons tous les deux la tête en même temps et nos yeux se croisent. C'est tellement bizarre. Nous nous connaissons à peine, mais on se croirait presque à un… rencard.

Je n'ai jamais eu de *vrai* rendez-vous.

Il me regarde toujours ; je baisse les yeux pour examiner le vernis écaillé que je voulais refaire avant le mariage, quand je pensais encore arriver à Hudson largement à temps.

Quand j'ose à nouveau le regarder, il est en train d'observer une petite machine posée sur la table.

— C'est un juke-box ? je demande.

— Tu n'as jamais vu de mini juke-box dans un restau ? réplique-t-il avec un petit sourire.

Je fais « non » de la tête.

Noah continue de passer les disques en revue. Pourquoi tout me semble-t-il soudain si… différent ? Ce café avec ses petites tables en bois, la peinture jaune safran sur les murs et l'affichette humoristique kitsch annonçant « Tout enfant laissé sans surveillance sera enlevé, aux frais de son propriétaire »… Passé les premières impressions, l'atmosphère est presque chaleureuse, intimiste…

Arrête, Ammy. Ça suffit. N'oublie pas qu'il est encore amoureux de son ex.

À cet instant, mon compagnon d'infortune lance « Suspicious Minds » sur le juke-box. J'en frémis de plaisir. Si c'était un vrai rencard, je serais déjà conquise.

— Tu aimes Elvis Presley ? je demande.

— Ma mère passait toujours ses chansons quand j'étais petit, répond-il avec un haussement d'épaules.

— C'est ma chanson préférée.

— Vraiment ?

Je hoche la tête.

— Ta chanson préférée ? reprend-il. De toutes les chansons au monde ?

— Sa voix est tellement… je ne sais pas, boisée.

— Boisée ? rit-il. C'est ce que mes parents disent du vin.

Je me sens rougir.

— Mais tu vois ce que je veux dire, non ? Elle est suave, profonde.

Au même moment, la serveuse apporte deux doubles cheeseburgers préparés à la va-vite. Elle les pose sur la table et plante une bouteille de ketchup entre nos deux assiettes.

— Autre chose ?

Je secoue la tête. Sans surprise, les burgers n'ont pas l'air fameux. La serveuse s'éloigne. Je me penche vers Noah.

— Tu crois qu'il y a un autre bus ou un train ?

— Aucune autre ligne de bus ne va à Hudson, c'est certain, et l'arrêt de train le plus proche est à une trentaine de kilomètres. N'oublie pas qu'on est descendus en pleine voie.

— Je sais.

— Et même si on arrivait à rejoindre la gare, je ne pense pas que les trains circulent encore par ce temps.

Je pianote sur la table. Quelques minutes plus tôt, je m'inquiétais de ne pas arriver à temps au mariage de mon père. Mais maintenant ? C'est pire. Demander à Kat de venir me chercher deux heures avant la cérémonie ? Impossible. Appeler ma mère et lui donner la satisfaction d'apprendre que mon projet est tombé à l'eau ? Hors de question. (Surtout qu'elle me croit déjà chez papa.) Demander à mon père d'abandonner Sophie sur le seuil du restaurant italien pour voler à notre secours ? Inconcevable. Nous sommes coincés.

Je me tourne vers la serveuse qui essuie le comptoir avec un torchon peu reluisant.

— Est-ce qu'il y a une compagnie de taxis dans le coin ?

J'imagine que le trajet serait hors de prix, mais à ce stade, je suis tellement désespérée que je suis même prête à vider mon modeste compte épargne.

Elle me rit au nez. Pas bon signe.

— Ce n'est pas vraiment le style du coin, réplique-t-elle en haussant les sourcils.

— Merci quand même, dis-je d'une voix monocorde avant de diriger mon regard vers Noah. Qu'est-ce qu'on va faire ?

Il avale une énorme bouchée de burger, comme s'il voulait gagner du temps. Je l'imite sans conviction ; mais, en dépit des apparences, le sandwich est délicieux et nous réconforte après une si longue marche dans le froid.

Un homme costaud entre dans le café et accroche son bonnet au portemanteau. Au moins, nous ne sommes plus les seuls clients. Peut-être que la serveuse nous détestera moins.

— Sérieusement, qu'est-ce qu'on va faire ? je répète. Pas de taxi. Pas de bus. Pas de train. Et je ne pense pas vraiment qu'on puisse dormir ici en attendant que les bus se remettent à circuler.

— Je ne sais pas, répond Noah en glissant une frite dans sa bouche.

— Il faut bien qu'on fasse quelque chose !

Il récupère son portable sous la table, laissant l'appareil branché, accroché à cet endroit, comme nous.

— Uber ? propose-t-il.

— Tu crois qu'ils ont Uber ici ?

— Ça ne coûte rien de vérifier. Qu'est-ce qu'on a à perdre ?

Dehors, la neige continue de tomber et il commence à faire nuit. Je finis de dévorer mon cheeseburger pendant qu'il pianote sur son téléphone. Pourvu que la chance nous sourie enfin.

NOAH

16 h 29

Entre deux coups d'œil à sa montre, la serveuse reste hypnotisée par un vieux téléviseur fixé au mur, au-dessus du comptoir. Pas besoin de son pour comprendre que les nouvelles ne sont pas bonnes. Un type en costume gris agite les mains devant une carte de la région. Apparemment, le temps ne va pas s'améliorer ce soir.

Je prends mon mal en patience tandis que la page d'Uber se rafraîchit sans cesse.

Ammy me contemple, pleine d'espoir, comme si toutes les réponses résidaient dans une petite appli et que j'en étais le gardien. Bingo.

— Ça dit qu'il n'y a pas de voiture, je lui fais savoir.

— Tu devrais peut-être réessayer ?

— J'ai déjà essayé au moins cinq fois. On va sûrement devoir en louer une.

La serveuse s'appuie contre le comptoir, évitant tout contact visuel avec nous.

— T'en veux encore ? je demande à Ammy en désignant sa tasse de café vide.

— Je crois que la serveuse nous déteste, réplique Ammy, blasée.

— Excusez-moi, dis-je en agitant la main, comme si je cherchais quelqu'un dans une salle comble alors que nous sommes les seuls clients. Est-ce qu'on pourrait avoir encore du café s'il vous plaît ?

La serveuse s'exécute. Coup de chance, le café est plus chaud que tout à l'heure.

— Tu es drôle, tu sais, lance Ammy après avoir avalé une gorgée.

— Comment ça ?

— Comme ça.

Elle repousse son assiette et se cale dans son siège, tapotant la table du bout de ses ongles courts au vernis écaillé. Elle me lance ce regard interrogatif que je commence déjà à bien connaître et qui dit : « Tu es sûr de toi ? »

— Il ne faut pas avoir au moins vingt-cinq ans pour louer une voiture ? poursuit-elle. C'est ce que dit toujours mon père.

— Il suffit d'avoir dix-huit ans. Ça coûte juste plus cher. Mes parents m'ont donné une carte bleue en cas d'urgence. Ça aidera.

— Ils ne vont pas être furieux ? Tu devrais peut-être les appeler avant ?

— Ils sont en croisière aux Caraïbes. Je ne peux pas les joindre.

Et honnêtement, même si je le pouvais, je ne suis pas certain que je le ferais. Il me suffira de payer la location de la voiture à crédit et je la rembourserai avec les économies de mon boulot de serveur le week-end dans un restaurant chic de l'Upper East Side.

— Tu as entendu ce que je t'ai dit ? me demande Ammy en me fixant comme si j'étais un extraterrestre.

Je sors de mes réflexions et secoue la tête.

— J'ai dit que je pouvais payer une partie de la location.

— Ce n'est pas la peine… Tout ça, c'est ma faute.

— Tu essayais juste d'aider. Et ce n'est pas vraiment ta faute. J'aurais dû moi aussi regarder la carte avant de partir. J'ai mis de l'argent de côté quand j'ai gardé trois petites terreurs cet été.

— Vraiment ?

— Vraiment, dit-elle en riant. Moi aussi je dois rentrer, après tout.

Pourquoi et pour qui elle doit rentrer ? Elle ne me l'a toujours pas dit, mais je me focalise sur le positif : elle m'a pardonné de l'avoir entraînée dans la mauvaise direction. Ça me touche vraiment. Et vu l'expression sur son visage, je crois qu'elle le sait.

La serveuse s'approche et dépose l'addition sur la table. Vingt et un dollars. Nous mettons chacun quelques billets.

En attendant la monnaie, Ammy griffonne sur sa serviette des petites spirales qui sont étrangement hypnotisantes. Je me lance :

— C'est vraiment grave si tu n'arrives pas à temps ?

Elle s'arrête brusquement et lève la tête.

— Tu sais, tu ne m'as toujours pas dit où tu allais, je poursuis, incapable de résister.

— Je n'ai pas envie d'en parler, répond-elle, presque automatiquement.

— Pourquoi pas ? Je sais écouter, promis.

Ses lèvres se pincent et son visage se ferme aussitôt.

— Désolé, je bredouille. Je pensais juste…

— Tu ne m'as toujours pas raconté pourquoi toi et ton ex aviez rompu, m'interrompt-elle.

Les yeux rivés sur sa serviette, elle se remet à dessiner.

— Les gens se séparent, ça arrive, dis-je en haussant les épaules.

— Oui. Et ils ne se remettent pas ensemble.

La serveuse revient avec un plateau de pièces.

— Tu ne l'as pas trompée, j'espère ? reprend-elle, toujours sans lever le nez.

Je manque de recracher mon café et mon cœur s'emballe.

— Qu'est-ce que c'est que cette question ?

Nos yeux se croisent. Les siens sont captivants. Ils me mettent presque au défi de détourner le regard.

— Non, vraiment ? Tu l'as trompée ? insiste-t-elle lourdement.

J'avale encore une gorgée de café. Cette fois, la caféine a un drôle d'effet calmant sur moi.

— Non. Pas du tout.

Ammy abandonne ses spirales et commence à écrire son nom en lettres déliées, comme le faisait Rina.

— Donc, tu as largué celle que tu appelles « la fille parfaite » pour toi, juste comme ça, sans aucune raison ? tente-t-elle de formuler. Et c'est ton plus grand regret ?

— J'essaye de rentrer chez moi pour arranger les choses, je te rappelle.

— Mais qu'est-ce qu'il y a à arranger ?

— Pas tes oignons.

— Eh bien, ne t'occupe pas de mes affaires non plus, OK ?

Je secoue la tête, le cœur battant, le visage cramoisi.

— Tu sais quoi ? Il faut que j'aille aux toilettes.

Je me lève et m'éloigne sans un mot.

Les toilettes sont elles aussi désertes, forcément. Je m'asperge le visage d'eau froide. Je tends la main pour attraper une serviette en papier, mais le foutu distributeur est vide et je me retrouve à m'essuyer avec le bas de ma chemise.

J'observe mon reflet dans le miroir.

Je ne l'ai pas trompée. Nous n'étions plus ensemble.

En m'examinant, je vois ma peau gercée autour de mes yeux, mon nez rougi.

Je ne l'ai pas trompée. Mais ce n'est pas la seule manière de bousiller une relation.

AMMY

16 h 43

En le voyant s'éloigner, je me sens aussitôt coupable. Je voulais juste lui rendre la monnaie de sa pièce, le punir de m'avoir demandé pourquoi j'allais à Hudson, alors que je lui avais clairement fait comprendre que je ne voulais pas en parler. Apparemment, j'ai réussi mon coup.

La serveuse plisse légèrement le front, comme si elle avait surpris un couple de lycéens en train d'avoir sa première dispute. Je ne relève pas, lui laisse un pourboire et divise le reste des pièces en deux, formant une jolie petite pile devant la place de Noah. Je sors mon téléphone afin de trouver une agence de location de voitures dans le coin. La plus proche est à un kilomètre. Quelqu'un pourrait peut-être venir nous chercher ?

— Allô, répond une voix d'homme bourrue à l'autre bout du fil.

— Bonjour, j'appelle pour une location. Nous sommes à un kilomètre environ, est-ce qu'il serait possible de passer nous chercher ?

— Pas par ce temps, rétorque-t-il. On est débordés là.

— Mais il vous reste des voitures ?

— Oui.

— Est-ce que…

La communication est coupée. Le type a raccroché, juste comme ça. Je range mon téléphone dans mon sac et enroule mon écharpe autour du cou, me préparant à affronter ce qui nous attend au-dehors.

Je ne voulais pas être méchante. Vraiment pas. Mais je ne m'attendais pas à ce que Noah me dévisage de cette façon, comme s'il avait été pris la main dans le sac. Dara m'avait lancé le même regard quand je lui avais demandé pour rire si elle avait craqué sur Steven, le gros geek de notre cours de biologie, parce qu'elle n'arrêtait pas de parler de lui.

Noah affirme qu'il n'a pas trompé sa copine, mais il a fait quelque chose dont il a honte. Sinon, il ne m'aurait pas regardée ainsi. Je jette un coup d'œil aux fleurs fanées en me demandant ce qui lui a pris de choisir des roses couleur layette. Franchement. Puis je me force à penser à autre chose, pesant mentalement le pour et le contre de marcher jusqu'à l'agence de location.

Contre :

Il fait froid dehors (5 points)

Non, il fait un froid de canard dehors (5 points de plus)

Il y a plus d'un kilomètre, c'est presque autant que pour le plan précédent qui nous a mis dans cette galère (10 points)

Vu l'atmosphère tendue entre Noah et moi pour le moment, ça risque de paraître encore plus long (5 points)

Il va bientôt faire nuit (10 points)

Pour :

Aucune autre option ne me vient à l'esprit (1 000 points)

Pas besoin de faire les comptes cette fois.

La porte des toilettes s'ouvre et Noah en sort d'un pas décidé. Son visage est pâle et des gouttelettes d'eau perlent à ses tempes.

— Je suis désolée, dis-je. Je ne voulais pas te blesser.

Il refuse de lever les yeux et fourre sa pile de monnaie dans sa poche comme si je n'avais pas prononcé un mot.

— Il y a une agence de location de voitures à un kilomètre d'ici, je continue. Ils ne peuvent pas passer nous chercher, mais il leur reste des voitures. Donc on y va à pied ?

Il hoche la tête sans me regarder.

— Allons-y.

En quelques secondes, nous avons ramassé toutes nos affaires et nous sommes prêts à retrouver le grand froid. Le carillon qui sonne quand nous passons la porte nous rappelle que nous laissons derrière nous la chaleur d'un refuge pour affronter l'inconnu… de plus en plus obscur.

— Il faut juste remonter la rue principale, j'explique. Ce n'est pas très long.

Noah hoche la tête, puis ouvre la marche. Arrivé au carrefour, il lâche son bouquet dans la poubelle. Quand le feu passe au vert, il traverse, sans vérifier si je le suis.

Au bout d'à peine cinq pâtés de maisons, la Grand-Rue se transforme en une grosse route à deux voies, bordée d'une forêt. Des réverbères éclairent la bande d'arrêt d'urgence recouverte de gravier. Encore heureux.

Ce n'est que trois tours de stade, Ammy, trois tours de stade, rien du tout, me dirait Noah s'il avait encore le cœur à me parler.

Je suis tentée de lever le pouce pour faire du stop. Cependant, les voitures sont rares, et avec ma chance, elles risquent de ne pas me voir et de me percuter.

Au bout d'un moment, je sors mon téléphone pour voir où nous sommes. Nous n'avons fait qu'un quart du chemin. Soupir…

J'ai un message de Kat.

Alors ? Ça va ? Je maudis le dieu des transports en commun.

Je lâche un petit rire, puis lui réponds :

Ça va mais je ne vais pas arriver à temps. Continue à le maudire pour moi, stp.

Kat arrive toujours à me faire rire. C'est l'une des nombreuses choses que j'aime chez elle. Elle est extravertie, affirmée, appréciée de tous. Elle ne ressemble en rien à sa petite sœur, Béa, toute gentille et posée, malgré un petit côté rebelle.

Béa est, de l'avis général, la plus facile à vivre, mais c'est Kat qui m'a accueillie à bras ouverts durant la semaine que j'ai passée chez elles. Le premier jour, avant d'aller chercher Béa, nous avons dévalisé toutes les friperies du centre-ville. Kat s'est moquée des « cristaux à chakras » hors de prix de sa mère, mais aussi de mon père qui croyait toutes les âneries qu'elle racontait sur leur « énergie curative ». Elle trouvait hilarant qu'une personne qui lise tous ces bouquins sur le bouddhisme, le karma et l'énergie positive n'ait eu aucun scrupule à briser un mariage.

Au brunch, Kat a demandé l'addition alors qu'il me restait encore la moitié de mon sandwich à manger, prétextant qu'elle voulait partir, tout de suite.

Quand je l'ai raconté à Simone et Dara sur FaceTime le soir même, elles l'ont trouvée un peu trop autoritaire. Pour moi, ce n'était pas désagréable, au contraire. Durant ce séjour, je me suis contentée de suivre le mouvement. Kat avait tout prévu et elle a tout décidé.

Depuis le départ de mon père, j'avais l'impression d'avoir endossé toutes les responsabilités. Je rêvais que quelqu'un d'autre prenne les commandes pour une fois. Je voulais une grande sœur. Et tant pis si Kat n'avait qu'une semaine de plus que moi. Elle me taquinait quand je lisais trop, me donnait des conseils beauté, m'empruntait mes bijoux sans permission et sans s'excuser quand je la prenais en flagrant délit.

Je n'ai jamais eu ni frère ni sœur. Ç'a toujours été ma mère, mon père et moi. Et lors de cette visite, j'ai découvert ce que cela pouvait représenter. J'ai compris ce que mon père leur trouvait. Et même si ça me rend malade, j'ai un peu mieux compris pourquoi il avait été séduit par cette famille tout entière. Non seulement ça m'a brisé le cœur, mais je me suis aussi haïe d'avoir autant envie d'en faire partie.

Un coup d'œil à mon téléphone. Pas de nouveau SMS de ma mère. Ses messages reprendront bientôt.

Une idée folle me vient alors à l'esprit : et si je restais plus d'une semaine ? Et si je ne rentrais jamais ? Et si Kat et moi devenions vraiment sœurs ?…

J'ai beau vouloir que les choses redeviennent comme elles étaient avant le départ de mon père, j'ai aussi beaucoup de mal à m'imaginer à nouveau fille unique.

NOAH

16 h 51

PLOOOUF ! Ammy vient de marcher dans une énorme flaque. À la lueur des réverbères, la neige fondue forme un magma trouble qui semble presque dangereux. Ma compagne de route doit être gelée.

— Ça m'apprendra à envoyer des messages en marchant, marmonne-t-elle d'un ton amer.

— Ça va ? je m'inquiète aussitôt.

Je ne sais pas si ma question porte sur le fait qu'elle est probablement trempée jusqu'aux os, ou sur sa conversation téléphonique.

— Ça va, répond-elle sans s'arrêter. Avance.

J'obéis, luttant contre le vent, tête baissée. Le soleil s'est couché, mais le ciel est encore d'un bleu sombre à l'horizon. Bientôt, il fera complètement nuit. Il faut que nous arrivions à l'agence au plus vite. Je jette un coup d'œil à Ammy, mais elle traîne les pieds en évitant mon regard.

Pourtant, je ne lui en veux pas. Je suis furieux contre moi-même. Durant un bref instant, je ferme les paupières et je me revois au lac George, sur cette falaise, avec Rina en contrebas qui me crie : « Saute ! » Mais chaque fois que j'approchais mes orteils du bord, mes mains devenaient moites et je reculais, l'estomac noué. Rina ne savait pas que j'entendais sa discussion avec Cassie ; tous les bruits portaient jusqu'en haut.

« Il ne peut rien faire sans flipper ! C'est maladif ! a-t-elle balancé.

— Quelle importance s'il ne saute pas, a répondu Cassie. On s'en moque après tout.

— Je sais, a répliqué Rina. Mais il est comme ça pour tout. Personne ne veut d'un mec qui a peur du monde entier. »

Personne ne veut d'un mec...

Ses mots résonnaient de manière stridente, tels ces sons suraigus que seuls les chiens sont censés percevoir. J'ai reculé. Bryson, qui n'avait rien entendu, m'a crié de m'écarter avant de plonger à son tour pour rejoindre les filles.

Comment les choses auraient-elles tourné si j'avais eu le courage de sauter ? Que se serait-il passé si je n'avais pas pris ces mots autant à cœur ? Et si je n'étais pas allé à cette fichue soirée trois jours après notre rupture ?

Je ne cherchais même pas à trouver quelqu'un d'autre, honnêtement. Nous avons rompu. Point. Pas d'histoire ambiguë, de « pause » ou d'excuse de ce genre à la façon de Bryson qui racontait toujours qu'il n'était pas « officiellement » en couple avec Cassie.

Nous nous étions disputés au lac, puis chez moi. Voilà, c'était terminé. Nous ne nous étions pas adressé la parole depuis trois jours. Après avoir passé des années à échanger des messages toutes les heures, à partager nos moindres faits et gestes, ce silence radio était étrange.

Bryson m'avait poussé à sortir ce soir-là pour me changer les idées. Il m'avait habilement rappelé toutes les critiques de Rina à mon encontre. La cousine de Bryson, Chloé, était jolie et intelligente. Elle portait une robe bustier à pois. Ses cheveux étaient attachés en une queue-de-cheval haute et elle avait mis sur les lèvres un baume qui les faisait briller. Étudiante en sciences politiques à Bard, elle avait aussi toutes ces idées sur le socialisme que je n'avais jamais entendues auparavant.

J'avais bu trois bières – trois de trop –, et rapidement, nous nous sommes retrouvés, assis l'un contre l'autre, sur le canapé du sous-sol, pendant que Bryson et Daniel jouaient à la Xbox.

Nous nous sommes embrassés. Puis, dans la chambre d'amis de Bryson, nous sommes allés plus loin. Tout s'est passé si vite et c'était si vide de sens que tout de suite après, j'ai senti comme un coup de poing à l'estomac. Chloé a aussitôt compris mon malaise.

« Tu as l'air malheureux, a-t-elle déclaré.

— Non, ai-je répondu. Pas du tout... (J'ai marqué une pause.) Désolé.

— Bryson m'a dit que tu venais de vivre une rupture difficile », a dit Chloé, un peu gênée.

Je n'ai rien ajouté. Voilà ce à quoi se résumait une histoire de deux ans et demi avec Rina : une « rupture difficile ». À cette idée, je me suis senti encore plus mal.

« Bon, je vais y aller », a repris Chloé en rajustant le haut de sa robe, avant de quitter la pièce.

Allongé sur le lit, j'ai réalisé que j'avais tout gâché. Bryson le dirait à Cassie qui le répéterait à Rina, laquelle ne me le pardonnerait jamais. *Je ne peux plus la reconquérir à présent*, ai-je pensé. *C'est terminé.*

Je ne m'étais même pas rendu compte à quel point j'en avais envie jusqu'à ce que ce ne soit plus possible. Que pouvais-je faire ? L'appeler ? M'excuser de l'avoir larguée pour une raison stupide trois jours plus tôt et lui dire qu'après avoir passé la soirée avec une autre fille, je comprenais enfin qu'on était faits l'un pour l'autre ?

— Noah ! Noah..., m'appelle une foix fatiguée, qui me tire de mes pensées.

Ammy se tient trois mètres derrière moi. Son manteau en laine violette, son bonnet et son sac rouges éclairés par le halo du lampadaire sont les seules couleurs présentes dans cet océan noir et blanc. Je suis pris d'une étrange envie de la prendre en photo. Je poserais ensuite sur mon bureau le doux cliché d'*Ammy en hiver dans un manteau en laine, au coucher du soleil*, afin de le contempler tous les jours.

— Ça va ? je lui demande en reculant d'un pas vers elle. Qu'est-ce qu'il y a ?

— Mes pieds sont trempés et je ne sens plus mes orteils. C'est grave, tu crois ?

Je baisse les yeux. Son jean est mouillé jusqu'aux mollets. L'inquiétude me gagne. Quand j'ai commencé le snowboard, ma mère m'a rebattu les oreilles avec le danger des engelures après ce qui était arrivé à sa sœur.

Je croise les bras.

— Comment ça ? Tu ne les sens vraiment plus ? Ou c'est juste une impression ?

— Je ne sais pas. C'est dur à dire. C'est grave, tu crois ? répète-t-elle.

— Il nous reste encore huit cents mètres, je l'informe après un rapide coup d'œil à mon téléphone. À notre rythme, ça devrait nous prendre une bonne demi-heure.

— Je suis sûre que ça va aller, répond-elle en sautillant d'un pied sur l'autre.

Puis elle se remet en marche.

Je zoome sur ma carte.

— Attends une seconde. Je suis déjà venu ici.

— Sur cette route nationale complètement paumée ? s'étonne Ammy, une main sur la hanche.

— Non. Atwood. C'est un musée d'art. J'y suis allé une fois en sortie scolaire, au lycée.

— Qu'est-ce qu'on irait faire dans un musée d'art ? T'as perdu la tête ?

Malgré son ton sec, je m'approche légèrement d'elle.

— Je m'inquiète pour toi, dis-je. Ma tante Arden a eu des engelures pendant un séjour au ski il y a des années. Ce n'est pas aussi grave que des gelures, on ne perd pas ses doigts, mais ça la picote encore aujourd'hui. Je ne veux pas que ça t'arrive. On devrait se réchauffer.

Elle lâche un petit râle moqueur.

— Ce n'est pas comme si on n'était pas prévenus…

— Ne sois pas cynique, je proteste.

Je voudrais à cet instant précis poser mes mains sur ses joues, puis rester ainsi un moment, jusqu'à ce qu'elle lève les yeux et me sourie de nouveau.

— Je dois être d'humeur cynique, finit par lâcher Ammy.

Elle est en colère, ça s'entend. Pourtant, contrairement à Rina qui n'acceptait pas le moindre faux pas, Ammy, elle, n'insiste pas. Elle croise les bras et attend simplement que je dise quelque chose. Quel soulagement !

— Le musée est juste là. Allons nous mettre au chaud. Qui sait, peut-être qu'un des guides pourra nous déposer à l'agence en voiture ? Ce n'est pas si loin.

Elle me regarde fixement et, sans réfléchir, je m'approche, pose mes mains sur ses bras et la frictionne rapidement.

Ses yeux croisent les miens, inquiets mais pas mécontents. Je recule.

— Allez, viens. Les radiateurs du musée seront plus efficaces que moi pour te réchauffer, dis-je avec un petit rire forcé.

Elle lève les yeux au ciel, mais je perçois le frémissement d'un sourire sur ses lèvres. Elle me suit.

AMMY

17 h 01

Le type à l'accueil du musée nous regarde comme des bêtes de foire. J'aperçois mon reflet dans le mur en verre ultramoderne qui sépare le hall d'entrée du vestiaire : nez rouge, lèvres gercées, mèches de cheveux collées au front, bonnet de travers... Une vraie catastrophe. Et je ne sens toujours pas mes orteils.

L'idée m'a paru saugrenue au départ, mais Noah a eu raison de proposer cette halte. J'ai beau vouloir arriver à Hudson le plus vite possible, je suis à bout de force.

— Vous êtes encore ouverts ? demande Noah.

Le jeune homme à l'entrée éclate de rire derrière ses épaisses lunettes.

— Ça veut dire oui ? insiste Noah.

L'agent d'accueil se racle finalement la gorge, se redresse sur son siège et répond d'un ton professionnel :

— Oui, nous sommes ouverts pendant encore quarante-cinq minutes. Deux personnes ?

— Deux étudiants, s'il vous plaît, répond Noah.

Le type imprime deux tickets. Il nous tend ensuite un plan du musée, mais Noah est déjà parti dans la salle suivante.

— Merci, dis-je en prenant le plan qui se déforme aussitôt au contact de la neige accrochée à mes gants.

Je rejoins Noah dans une pièce où trône un énorme banc recouvert de cuir noir avec des pieds en acier chromé. Une vision de rêve.

Après avoir posé ma valise, je m'affale à côté de Noah, qui s'est déjà découvert. Je retire mes gants, puis mes chaussures, incapable de supporter le froid plus longtemps. Mes chaussettes, roses avec un imprimé de caniche – empruntées à Kat l'été dernier –, sont trempées. Je les roule en boule et les fourre dans la poche avant de ma valise, bien consciente du ridicule de la situation.

Noah m'observe, sourcils froncés.

— Quoi ? je demande.

Il secoue la tête, mais une expression étrange passe sur son visage. Qu'est-ce qui lui prend ?

— Rien, répond-il.

— Je sais que c'est dégueu, mais tu devrais en changer aussi, je lui conseille. Ça gardera tes pieds au chaud.

— Mes chaussures sont imperméables, déclare-t-il fièrement.

En effet, ce sont des Keen montantes ; j'en portais des semblables quand j'allais en randonnée avec mon père. *J'allais…*

— Tu as mis des chaussures de marche pour prendre le train ? Tu espérais qu'il tombe en panne ou quoi ?

Il rit.

— Elles sont plus confortables, c'est tout.

— N'importe quoi.

— Fais-moi voir tes pieds, dit Noah alors que je commence à les enfiler.

— Sérieux ?

— Allez.

De mauvaise grâce, j'obéis. Mes pieds sont mouillés, sales et mes ongles ne sont même pas vernis. Tout ça me semble bien trop intime.

— Satisfait ?

Il me pince le gros orteil.

— Aïe ! je lâche en retirant instinctivement le pied. Quoi, t'es un fétichiste du pied ?

— Non, mais au moins je n'ai pas à m'inquiéter de t'avoir estropiée pour le reste de tes jours. Si tu as réagi, c'est que tout va bien.

— Génial.

— Je suis vraiment désolé, continue-t-il. Et je suis désolé de m'être énervé au café.

Avec un haussement d'épaules, j'enfile mes chaussettes, puis je lace mes chaussures. C'est sympa de sa part d'essayer de briser la glace, mais franchement, ses excuses à répétition commencent à me taper sur les nerfs.

— Je ne veux pas que tu sois désolé. Je veux une solution.

Noah baisse les yeux.

— Tu as dit qu'on s'était embarqués ensemble dans cette histoire. Au café, tu as dit que ce n'était pas uniquement ma faute, et que je ne t'avais pas forcée à venir.

C'est vrai, il ne m'a pas forcée, mais c'était quand même son idée. J'ai du mal à ne pas imaginer ce qui se serait passé si j'étais restée dans ce train. Alors, une pensée folle me traverse l'esprit : si c'était à refaire, je le referais.

Je secoue la tête et baisse les yeux à mon tour. Je sors de ma valise une paire de chaussettes de randonnée en laine, offerte par mon père pour notre dernier Noël en famille.

Je sais que nous n'étions déjà plus si heureux que ça. Ma grand-mère était venue, nous avions mangé une dinde de dix kilos à quatre, puis nous avions regardé *La vie est belle* et *Le sapin a les boules*. Dans cet ordre. Comme toujours. Ce n'était pas parfait, loin de là. Il y avait toujours cette fêlure dans le mur près de la porte d'entrée, facile à ignorer mais dure à oublier. J'avais pris l'habitude de prendre une brève inspiration avant d'entrer dans la cuisine, je me préparais au pire. Mes coups de fil stressés à Dara étaient de plus en plus fréquents depuis mon dix-septième anniversaire. Mais nous étions encore une famille.

Noah semble toujours abattu. Je fais un pas vers lui.

— C'est bon. Je sais qu'on est dans la même galère et que j'ai choisi de te suivre. C'est pas ta faute, j'étais sincère. Mais ça ne me dit pas ce qu'on va faire.

Il soupire, les yeux au plafond.

— Tu crois que tu pourras ressortir et marcher jusqu'à l'agence de location, si on reste un peu ici pour se réchauffer ?

Je parcours la pièce du regard : murs d'un blanc immaculé, angles tranchants, comme tous ces « nouveaux » musées froids et modernes. Mais il fait bon. Vraiment bon. Et je ne me vois pas quitter cet endroit pour autre chose qu'une voiture bien douillette.

Je hausse un sourcil.

— Et toi ?

Il donne un petit coup de pied dans ma valise.

— Peut-être, si tu te débarrasses du Murakami.

Je réponds d'un rire jaune. Je ne suis pas d'humeur.

Au bout d'une minute de silence, Noah désigne du doigt le tableau en face de nous.

— Alors, t'en penses quoi ? Sur une échelle de un à dix ?

— Noah, je n'ai vraiment pas envie de parler d'art pour le moment.

— Oh ! Allez. Il faut qu'on se réchauffe un peu avant d'envisager de ressortir.

Je lève les yeux au ciel, mais je décide de jouer le jeu.

— C'est un Pollock, pas vrai ? je déclare.

J'en suis à peu près sûre. Béa est obsédée par ce peintre.

Le sourire de Noah devient plus franc. Il se lève d'un bond et s'approche de l'inscription à côté de la toile.

— Bien sûr que c'est un Pollock. *Numéro 13*, très exactement. Viens l'admirer avec moi !

— Sérieusement ?

— Allez !

Je le rejoins, abandonnant nos bagages au milieu de la pièce. Noah se tient tout près du tableau.

— Alors, qu'est-ce que t'en penses ? me demande-t-il encore.

— J'en pense que j'adorerais qu'on me paye des millions de dollars pour éclabousser une toile avec de la peinture.

— Tu crois que tu pourrais le faire ? rétorque Noah en riant.

— Pourquoi pas ? Je sais qu'il a été le premier à employer cette technique, mais quand même.

— Regarde ces couleurs, ces textures. La composition à la fois chaotique et harmonieuse. Je suis sûr que moi, j'en serais incapable.

— Qui a envie de voir du chaos dans l'art ? je m'emballe. On n'en a pas déjà assez ailleurs ? Montre-moi un superbe paysage. Un Monet ou un Van Gogh. Quelque chose qui procure de l'émotion.

— Pourtant, tu ne lis pas les livres les plus joyeux qui soient, réplique Noah, un sourire moqueur aux lèvres.

— C'est différent.

— Ah bon ? Ce n'est pas de l'art ?

— J'aime qu'un tableau soit « beau » et qu'il m'éblouisse. Les livres, eux, sont censés nous rappeler que la vie est dure pour tout le monde, que les autres sont encore plus mal lotis. Tu le sais bien, puisque tu aimes lire autant que moi.

— Mon ex refusait de lire quoi que ce soit d'autre que *Hunger Games*.

— Je croyais que tu aimais *Hunger Games*.

— C'est vrai. Mais quand même, ce n'est pas pareil. Tu sais ce que je veux dire.

Je sens une vague de chaleur envahir mon visage ; cette fois, ce n'est pas le chauffage.

— Oui, je sais, j'approuve sans détourner le regard.

Ses yeux ne quittent pas les miens pendant ce qui semble une éternité.

Enfin, Noah reprend :

— Pourquoi ne veux-tu pas me dire où tu vas ?

Et voilà. Il a encore mis les pieds dans le plat.

— Parce que je te connais pas assez.

— Vraiment ?

Il a l'air blessé.

Je me sens désemparée, je n'ai personne vers qui me tourner. Je ne peux appeler ni mon père, ni Kat, ni Béa au secours. Le mariage commence dans moins d'une heure. Je ne peux pas téléphoner à ma mère parce que je lui ai menti, ni à Dara, qui doit être dans un pub en ce moment même, ni à Simone qui, je le sais, se prépare pour son troisième rencard avec Nora ce soir.

De toute façon, qu'est-ce qu'ils pourraient y faire ? Il n'y a pas de taxis et presque aucune voiture sur les routes. Comment espérer même se rendre jusqu'à un hôtel ? Le problème n'est plus d'arriver à temps à la cérémonie de mon père. Le problème est d'arriver quelque part, point.

Noah me regarde toujours avec le même air de chien battu, mais je n'ai pas le temps de le caresser dans le sens du poil, ni d'admirer des tableaux ou de faire semblant de prendre du bon temps. Je ne vais pas reconquérir ma chérie du lycée, moi. Je vais rejoindre ma *famille* pour un événement que je n'étais pas censée rater.

— Oui, dis-je avec un hochement de tête en évitant son regard. Vraiment.

NOAH

17 h 21

Ammy retourne s'asseoir sur le banc et tripote la fermeture Éclair de sa valise. La salle semble soudain trop petite pour nous deux.

— Je reviens, je lance en quittant la pièce.

Elle ne lève même pas la tête. Je retourne vers l'entrée, l'esprit en ébullition. Pourquoi s'est-elle refermée ainsi ? Pourquoi me traite-t-elle toujours comme un inconnu ? C'est étrange à quel point ses mots me blessent. Nous ne nous connaissons que depuis quelques heures, mais ce n'est pourtant pas l'impression que j'ai de mon côté.

L'agent d'accueil joue sur son téléphone. J'hésite, sur le pas de la porte. Comment lui formuler les choses ? Comment le supplier de nous dépanner sans passer pour un fou ?

J'entends la voix de Rina dans ma tête :

« Ne réfléchis pas autant. Lance-toi. »

« Personne ne veut d'un mec qui a peur du monde entier. »

Je ne serais pas là si j'avais eu le courage de sauter ce jour-là au lac ou si je n'avais pas répété à Bryson ce qu'elle avait dit sur moi, et s'il n'avait pas insisté pour que je la mette face à ses contradictions. J'avais explosé dans notre chambre ce soir-là, détaillant toutes les choses négatives qu'elle avait dites ou faites durant notre relation.

Si j'avais agi différemment, je ne serais pas dans cette galère. Mais en même temps, je n'aurais pas rencontré Ammy. Je secoue la tête. Qu'est-ce qui me prend ? Ce n'est pas la question. Pour le moment, je dois nous tirer de là. J'inspire un bon coup et je me lance.

— Excusez-moi, dis-je d'une voix mal assurée en m'approchant du guichet. Vous savez s'il y a des compagnies de taxi dans le coin ?

Je connais déjà la réponse, mais ça me semble être une bonne entrée en matière.

— Pas vraiment, réplique le jeune homme en fronçant les sourcils. Et je ne crois pas qu'il y ait grand monde sur la route par ce temps.

— Ou Uber peut-être ?

— On n'est pas à New York, répond-il en pinçant les lèvres comme si mes questions ne lui plaisaient pas. Vous n'êtes pas venus en voiture ?

Je secoue tristement la tête.

— On est venus à pied depuis la gare routière. On a raté le dernier bus. On essayait d'aller jusqu'à l'agence de location de voiture, à un peu moins d'un kilomètre au nord, mais je m'inquiétais pour mon amie qui commence à avoir des engelures aux orteils, alors on a décidé de s'arrêter ici.

Autant en rajouter une couche.

— Merde alors, dit le type d'une voix qui n'a plus grand-chose de professionnel. Elle va bien ? Vous voulez que j'appelle une ambulance ?

Zut ! Trop épaisse, ma couche.

— Non, non, elle a changé de chaussettes et je crois que ça va aller. C'est juste que… Mmh… on est un peu inquiets à l'idée de ressortir dans le froid, surtout maintenant qu'il fait nuit.

Son ton se fait un peu plus bourru.

— Vous voulez que je vous emmène, c'est ça ? interroge-t-il, un peu sur la défensive.

— Eh bien…

— Je ne suis même pas en voiture, soupire-t-il. Dès qu'on ferme, dans vingt minutes, je rentre à pied. J'habite de l'autre côté du parking. C'est pour ça que j'ai pris ce boulot, même si je gagne des clopinettes : il y a un logement de fonction.

Mon visage se décompose.

— Merci quand même.

Je repars en sens inverse, d'un pas lourd, me creusant la tête pour trouver quelque chose à dire à Ammy.

— Attends, lance une voix derrière moi.

Je fais volte-face et retourne au guichet en trois enjambées.

— Quoi ?

— Je ne peux pas vous laisser ressortir dans le froid comme ça. Tu es sûr qu'il y a moins d'un kilomètre ?

Je hoche la tête avec enthousiasme.

— Promis. C'est vraiment à huit cents mètres.

— D'accord. Va chercher ton amie. Je vais appeler ma femme. Elle devrait bientôt sortir du boulot.

— Vous êtes sûr ?

Il hoche la tête et me chasse d'un geste, tout en sortant son téléphone.

— Vite, avant que je change d'avis, déclare-t-il. Je risque déjà de passer la nuit sur le canapé avec cette histoire.

Je pars en courant rejoindre Ammy, puis je m'arrête silencieusement à l'entrée de la salle. Si je ne savais pas tout ce que je sais, si je n'avais pas passé les dernières heures avec elle, si je la voyais simplement pour la première fois, je la trouverais très belle, assise sur le banc, les jambes croisées, la tête inclinée, sa frange devant les yeux. Avec ses mains qui tournent délicatement les pages de *La Ballade de l'impossible*. J'aurais envie de lui parler. Longuement.

J'avance d'un pas et m'éclaircis la voix. Elle lève aussitôt la tête, ferme son livre sans marquer la page.

— Tu ne vas pas me croire, mais j'ai une bonne nouvelle.

AMMY

17 h 34

PLANTÉS DEVANT LE MUSÉE, NOUS SCRUTONS LE PARKING désolé. La température est plus glaciale que jamais. L'éclairage des trois pauvres réverbères ne sert qu'à nous rappeler que la neige tombe toujours, faisant danser les flocons dans les faibles faisceaux de lumière.

— Tu es sûr que quelqu'un va venir ? je demande à Noah pour la deuxième fois.

— Certain, répond-il en se frottant les mains pour se réchauffer.

— Tu es sûr qu'il ne t'a pas juste dit ça pour nous voir débarrasser le plancher, qu'il puisse fermer plus tôt ? Il avait l'air de vouloir s'en aller, si tu veux mon avis.

— Certain, répète-t-il.

Je m'apprête à lui faire remarquer qu'il était certain de beaucoup de choses qui n'ont pas vraiment marché, lorsqu'il s'approche et m'enlace d'un bras, me frictionnant comme il l'a fait plus tôt. Mon cœur bat si fort qu'il doit le percevoir à travers mon manteau.

— Là, murmure-t-il à mon oreille en désignant une petite voiture qui traverse le parking dans notre direction, nous aveuglant de ses phares.

Aussitôt, Noah laisse tomber son bras et s'écarte, comme si le véhicule lui avait rappelé que ce voyage n'était qu'une halte sur la route de notre vraie vie. Finalement, j'aurais préféré que la voiture mette une minute de plus à arriver…

Le véhicule s'arrête devant nous. J'aperçois des cheveux roux, une mine revêche.

— Tiens donc, vous deux !

Incroyable – ou pas, étant donné que nous sommes dans un trou paumé dont je ne connais même pas le nom – mais vrai ! C'est la serveuse du café.

Noah lui lance un sourire.

— Désolé de vous avoir fait venir jusqu'ici… On vous a manqué ?

— Pas de problème, réplique-t-elle d'un ton détaché. Montez avant de vous transformer en glaçons.

Noah monte à l'arrière et me laisse le siège passager. Est-ce par galanterie ? Ou pour défier les rôles traditionnels en m'encourageant à m'asseoir à l'avant ? J'avance le plus possible mon siège.

— Tu as assez de place ? je demande à Noah.

— Tu es géniale, répond-il.

Mon cœur frémit et je me maudis d'être aussi cruche.

— Alors, vous allez où ? demande la serveuse. Bobby m'a dit que ça ne prendrait pas plus de cinq minutes ?

Noah se penche en avant et prend les choses en mains.

— L'agence de location de voitures, juste en haut de la rue ?

— Je connais.

Elle monte le son de la radio – une station de hip-hop –, et sort lentement du parking.

— Je m'appelle Selena, au fait.

— Moi, c'est Ammy.

— Ammy ?

— Comme Sammy mais sans le S. Mes parents ont des idées bizarres.

Noah pouffe sur le siège arrière.

— Et lui, c'est Noah.

Selena semble bien moins énervée sans son tablier.

— Qu'est-ce que vous fabriquez dehors, par ce froid, à vous balader d'un café pourri à un musée snobinard ?

— C'est une longue histoire…

— On a quelques minutes. Je suis tout ouïe.

Nous nous relayons pour lui raconter notre périple et Selena rit à gorge déployée. Ce n'est pas un rire nerveux, comme celui que j'ai eu à la gare routière, mais un rire franc face à l'absurdité de la situation. Notre décision de sauter du train. Le type armé d'un fusil. Le train raté à quelques secondes près, tout comme le bus. Le fait que nous nous soyons blottis dans son café pour recharger nos téléphones et que nous ayons visité un musée pour éviter ce qui était probablement loin d'être des engelures.

Elle nous demande d'où nous nous connaissons et la réponse la faire rire plus fort encore.

— Franchement, vous auriez dû me raconter ça tout à l'heure, finit-elle par déclarer. On se croirait dans ce film.

— Quel film ? je demande.

— *New York-Miami*. Avec ce type sexy et cette actrice aux yeux de biche.

— Claudette Colbert ! je m'exclame.

— Cette histoire m'aurait remonté le moral, ajoute Selena. Et je vous aurais proposé de vous déposer en voiture, sans hésiter.

— Oh ! euh, on…, je bafouille.

— … Ne voulait pas demander quoi que ce soit à une harpie ? complète-t-elle, amusée.

— Non, enfin…

— Je comprends, dit Selena en agitant la main. Vous n'imaginez même pas le nombre de mecs qui me draguent lourdement au boulot, ou qui essayent de me toucher les fesses après une bière de trop. À force, c'est vraiment pénible. Je suis diplômée en biologie et Bobby en histoire de l'art. On tâche de s'en sortir le temps que j'économise assez d'argent pour retourner à l'université et que Bobby trouve une orientation après sa licence. Je vous jure, les gens me voient travailler dans un café et s'imaginent que je sais à peine lire. Une fois, un type m'a demandé si je savais faire une soustraction. Sans rire. D'où la tronche désagréable. En plus, je pensais vraiment que vous ne laisseriez pas de pourboire…

Je ris, heureuse de m'être montrée assez généreuse.

— … pas parce que vous aviez l'air radins, poursuit Selena, juste parce que vous êtes jeunes. Bref, vous irez où, une fois que vous aurez récupéré une voiture ?

— Hudson, répond Noah. Enfin, Ammy y va. Moi, je suis censé aller à Lorenz Park.

— Ce serait peut-être bien que vous vous mettiez d'accord ! commente notre conductrice.

— Elle ne veut même pas me dire pourquoi elle va à Hudson, lâche Noah en faisant semblant de rire.

— Vraiment ? s'étonne Selena, qui me lance un coup d'œil taquin, comme si nous ne lui avions pas raconté toute l'histoire.

— Il n'a pas besoin de tout savoir, sans compter qu'il est là pour reconquérir sa copine. Il n'a vraiment pas besoin de s'inquiéter de mes affaires.

Selena se fige, surprise, puis son sourire s'élargit. Son regard alterne entre Noah et moi dans le rétroviseur.

— Vous savez, il nous a fallu deux ans, à Bobby et moi, pour nous avouer qu'on se plaisait. On s'est rencontrés en première année de fac, mais on n'est pas sortis ensemble avant notre troisième année.

— Eh bien, ça a fini par se faire, pas vrai ? je commente.

Elle ne répond pas et se gare devant l'agence de location.

— Nous y voilà.

— Merci beaucoup, dis-je.

— Ça nous a vraiment aidés, renchérit Noah.

— Pas de problème, répond-elle. Contente de vous avoir dépannés. Et soyez prudents surtout.

— Compris, affirme Noah.

Je sais que ce n'est pas une parole en l'air. Je le connais à peine, pourtant je suis certaine qu'il ne ferait jamais rien qui me mette en danger. Noah attrape ma valise et je tends la main vers la portière.

— Oh ! Et pour Bobby et moi, bien sûr que ça a fini par marcher, lance Selena. Mais si c'était à refaire, je ne perdrais pas deux ans !

NOAH

17 h 45

Devant la porte de l'agence, je prie toutes les divinités imaginables pour que nous ayons enfin un coup de chance. Pourvu qu'il reste une voiture et que je puisse ramener Ammy à bon port avant minuit.

Bien sûr, dans tous les cas, c'est fichu pour moi. Ma réservation est dans une heure. Ce que j'avais prévu n'arrivera pas, du moins pas comme ça.

Une pensée folle me traverse cependant l'esprit. L'espace d'une seconde, je me dis que si c'était à refaire, je ne changerais rien. Ces quelques heures passées avec Ammy ont été spéciales. Une aventure que je raconterai à mes enfants un jour.

Ça ne veut pas dire que Rina et moi ne sommes pas faits l'un pour l'autre, ou que je ne devrais pas aller la voir ce soir si je n'arrive pas trop tard. Simplement, je ne suis pas non plus une machine… Une machine ne remarquerait pas à quel point Ammy est jolie. Elle se moquerait bien de ce qui lui est arrivé et dont elle refuse de parler, de ses pieds gelés ou de son visage quand elle lisait Murakami au musée. Et moi, je suis un homme.

En passant la porte, mon regard croise celui d'Ammy. J'y vois une lueur d'espoir, une trace de bonheur.

L'intérieur de l'agence est sans surprise : du lino au sol, des néons glauques, une déco qui doit avoir trente ou quarante ans. Deux hommes sont assis derrière un comptoir miteux. Il n'y a que deux personnes devant nous, un couple plus âgé.

Vu la façon dont s'affaire le type de l'agence, ils doivent encore avoir des voitures.

Je lance à Ammy un sourire qui se veut rassurant.

— Tu crois qu'il leur reste des voitures ? demande-t-elle, lisant presque dans mon esprit.

— Oui. Après la journée qu'on a eue, c'est obligé.

Elle me répond d'un petit sourire. Je reconnais alors le sourire de Rina quand elle est venue se coucher ce fameux soir au lac George. Elle m'a demandé ce que j'avais et pourquoi j'avais été si silencieux toute la soirée. Au début, je me suis obstiné : « Rien. Tout va bien. »

Le client passe un bras sur les épaules de sa femme en attendant leurs papiers. Ils portent des doudounes rouges assorties. Quand elle s'appuie contre lui, ils semblent être deux pièces d'un même puzzle. Mes parents donnent aussi parfois cette impression.

Est-ce que nous tiendrons la distance, Rina et moi ? Mon père et ma mère se sont rencontrés au lycée, à Brooklyn. Leur quinzième anniversaire de mariage a coïncidé avec leur vingtième réunion des anciens du lycée. Certes, ils ont connu des moments difficiles. Mon père s'est blessé au dos en prenant un boulot de charpentier et ma mère l'a quitté pour lui remettre les pendules à l'heure. Mais au final, ils forment un couple uni. Je jette un coup d'œil à Ammy, qui est en train d'envoyer un texto. À qui ? Pour une raison étrange, j'ai envie de tout savoir sur elle, même si tout en elle semble crier « du balai », comme les pancartes devant la maison dans la forêt. Elle n'a peut-être pas un arsenal d'armes, mais elle sait se protéger des intrus.

— Je suis quelqu'un de bien, lui dis-je soudain.

C'est vraiment une remarque incongrue, je m'en rends compte dès que les mots sortent de ma bouche.

Elle lève les yeux de son téléphone.

— Quoi ?

— C'est juste qu'au café, je t'ai laissée parce que j'étais énervé…

— Noah, c'est bon. Ça n'a pas d'importance.

— Mais…

— Allons récupérer une voiture. Tu n'as pas besoin de t'expliquer.

Je hoche la tête. Je ne sais pas quoi faire d'autre. Ammy retourne à son téléphone. Le couple devant nous s'éloigne, impatient de quitter les lieux.

— Allez, dit Ammy. Croisons les doigts.

J'avance jusqu'au comptoir, sourire aux lèvres.

— Nous voudrions louer une voiture pour la soirée.

L'homme toussote.

— Vous avez réservé ? demande-t-il d'un ton étonnamment guilleret pour quelqu'un qui est coincé derrière un bureau en pleine tempête de neige.

— Non. Est-ce que ça pose un problème ? je réponds en gardant mon calme.

— Notre flotte est très réduite, mais ça devrait aller. Une seconde.

L'employé pianote sur son clavier. Son verdict sera déterminant pour la suite. Bientôt, toutes les boutiques seront fermées. Je nous imagine mal, Ammy et moi, blottis devant la porte de l'agence, l'auvent pour seul abri, tentant de ne pas mourir de froid.

Le type continue de taper sur son ordinateur. Si la réponse était non, il l'aurait déjà dit.

— Ne t'inquiète pas, je murmure à Ammy, dont les yeux trahissent l'inquiétude.

— Nous n'avons plus de berline ni de coupé standard, reprend l'employé.

Mon cœur plonge dans ma poitrine et un grand froid m'envahit. J'attrape instinctivement la main d'Ammy et la serre.

— Mais vous avez de la chance. Il nous reste une voiture.

AMMY

17 h 53

TOUT ARRIVE SI VITE.

Nous ne demandons même pas quel genre de voiture il nous propose, ni combien elle va nous coûter, ni aucun autre détail. Nous nous tournons juste l'un vers l'autre, comme si nous étions seuls sur terre, et poussons un cri triomphant. Noah me lâche la main, ouvre grand les bras et je me jette à son cou.

L'horrible petit bureau devient un décor de manège lorsqu'il me fait tournoyer. Je me sens légère, si sereine et parfaitement à ma place dans ses bras.

Noah s'arrête et je suis presque enivrée quand nos yeux se rencontrent. Nos visages sont proches, je distingue la barbe naissante sur son menton. Je sens le café qu'il a bu tout à l'heure, son eau de toilette, la chaleur qui émane de son corps.

L'espace d'une seconde… je n'ose pas imaginer ce qui va se passer, car je suis sûre que tout peut arriver. Et je suis sûre d'autre chose aussi : peu importent les conséquences ou mes bonnes résolutions, je veux que quelque chose se passe. Avec lui.

L'employé au comptoir s'éclaircit la voix. La magie de l'instant est rompue. Noah me relâche et nous rions, un peu gênés.

— Vous voulez savoir quel genre de voiture c'est ? demande l'employé.

Noah opine du chef, tandis que je tente de calmer ma respiration. Des pensées contradictoires se bousculent dans ma tête.

— C'est une Ford Mustang décapotable. Rouge.

Le fou rire nous prend de nouveau.

— Cent dollars par jour, plus un supplément jeune conducteur.

Je suis soulagée de voir Noah sortir aussitôt sa carte bleue. Je plonge la main dans mon sac, mais il m'arrête.

— On s'arrangera plus tard.

Puis il se tourne vers l'employé.

— Quel que soit le prix, on la prend.

NOAH

18 h 05

Je mets le chauffage à fond, me frotte les mains en attendant qu'il fasse effet, puis règle les rétroviseurs. Mon visage est cramoisi. Est-ce dû au froid ? Ou plutôt à Ammy ? Je ne sais pas ce qui m'a pris de la faire tournoyer dans mes bras, mais, à part mon cerveau, tout semblait fonctionner à grande vitesse. Mon cœur, ma respiration, le sang dans mes veines. Sa peau contre la mienne. Je me sentais si vivant.

Je suis soudain troublé, j'ai l'impression qu'elle peut deviner mes pensées.

— Euh, tu veux mettre de la musique ? je lui propose.

Je passe la marche arrière tandis qu'elle regarde sa playlist sur son téléphone. La voiture fait une légère embardée.

— Désolé ! Je n'ai pas l'habitude de conduire une voiture si sophistiquée.

Ammy rit, mais ne dit rien. Est-elle mal à l'aise, elle aussi ? Regrette-t-elle ce qui s'est passé entre nous ? Vu la manière dont elle a glissé ses bras autour de mon cou, ça m'étonnerait. Me considère-t-elle encore comme un inconnu ?

Lentement, je sors du parking, tentant de me familiariser avec cette voiture.

« Prenez la route 9 en direction du nord », m'indique la voix du GPS sur mon portable.

J'obéis.

Je n'ai jamais été aussi concentré : il nous reste encore près de cent trente kilomètres à parcourir sous la neige, en pleine nuit. Un détour par manque d'attention aux directives du GPS pourrait se révéler désastreux.

Les essuie-glaces font du zèle pour contrer la tempête. Heureusement, il ne semble pas y avoir de verglas pour le moment. Mais il y a de la neige, beaucoup de neige. Je dois être prudent.

Je glisse mon téléphone dans le porte-gobelet pour bien entendre les instructions. Une fois sur l'autoroute, le GPS nous annonce que nous devrions arriver vers dix-neuf heures trente-cinq.

Ammy doit avoir raté son rendez-vous, mais j'ai encore une petite chance de voir Rina ce soir. Je pourrais lui racheter des fleurs et l'emmener quelque part. Lui dire toutes les choses que j'avais à lui dire.

— Comment ça marche ? demande Ammy en tripotant des boutons sans succès sur le tableau de bord.

— Par Bluetooth, je crois.

— Ooooh, quelle classe !

Je ris.

— Vous méritez ce qui se fait de mieux, très chère, je réplique triomphalement.

Aussitôt, je me sens bête, mais elle pouffe de rire à son tour.

— Tu veux que j'utilise plutôt ton téléphone pour que tu entendes les instructions ? suggère-t-elle.

— Ce serait parfait.

Ammy se moque de la moitié des chansons de ma playlist. Je n'ai pas honte de l'admettre : je suis fan de Taylor Swift. Avant, j'étais un peu snob en matière de musique, mais Rina m'a ouvert l'esprit. C'est ce que j'aimais chez elle, même si je défendais mon élitisme au début.

Ce que *j'aime toujours* chez elle. Non ?

Ammy choisit un morceau un peu électro que Bryson avait mis sur mon téléphone pour le trajet jusqu'au lac George.

Je grimace, mais je ne lui demande pas de changer. Au moins, c'est assez entraînant pour conduire, même si cet album me rappelle de mauvais souvenirs.

— Ça te va ? interroge Ammy.

Je la regarde furtivement et je repense à notre étreinte quelques minutes plus tôt. A-t-elle sauté dans mes bras ou l'ai-je soulevée ? Lorsque nos yeux se sont rencontrés, si proches, je ne pensais plus à rien. C'était si…

Je chasse ces pensées de mon esprit.

— Très bien.

— Tu vas réussir à conduire par ce temps ? s'inquiète Ammy.

— On n'a pas le choix, dis-je d'un ton léger pour détendre l'atmosphère.

On sait tous les deux que c'est vrai.

Le silence accompagne la neige qui se dépose sur le pare-brise entre chaque passage des essuie-glaces. La colline laisse place à une autre vallée blanche.

— Et si on continuait notre jeu de questions ? propose Ammy.

Je lui jette un coup d'œil. Elle sourit, plus détendue que jamais. Dès que je me concentre de nouveau sur la route, la voiture dévie légèrement. Il y a du verglas ! Mais ça va aller. Ça va aller.

Ammy pose les pieds sur le tableau de bord et agite ses orteils au rythme de la musique.

— C'est une chanson parfaite pour les trajets en voiture, déclare-t-elle. Je l'écoutais quand je me rendais à mes matchs de lacrosse.

— Tu joues au lacrosse ?

Il y a tellement de choses que je ne sais pas à son sujet. J'ai envie de tout découvrir, de lire en elle comme dans l'un de ses pavés de Murakami, mot après mot, phrase après phrase, jusqu'à la dernière page du roman d'Ammy.

L'une des rares autres voitures sur la route me dépasse à toute vitesse. J'ai envie d'accélérer, mais je n'ose pas. Un problème récurrent chez moi.

— Je jouais, précise-t-elle au bout d'un moment.

Elle ne développe pas et reprend la partie interrompue dans les bois.

— Alors, pour en revenir à la question du jour, pourquoi avez-vous rompu, Rina et toi ?

Mes mains se crispent sur le volant. Sa question me tire de ma rêverie et me rappelle la raison de ma présence ici.

— Alors ? insiste-t-elle.

— Je ne sais pas.

— Tu dois bien avoir une idée !

Soudain, je me sens coupable de penser à ce qui s'est passé avec Ammy alors que je devrais me concentrer sur Rina.

— Relax ! Tu n'es pas obligé d'en parler si tu ne veux pas, finit par trancher Ammy. Je ne devrais pas insister, tu ne me dois rien.

C'est vrai. Je ne lui dois rien. Mais en même temps… j'aimerais bien… lui devoir quelque chose.

Je secoue la tête. Encore une pensée parasite. Ça devrait me terrifier, au lieu de quoi j'éprouve un frisson d'excitation.

C'est le problème avec les aventures. Elles ouvrent des portes, laissent entrevoir des possibilités, bien au-delà du raisonnable.

AMMY

18 h 19

Je retire mon manteau. Il fait chaud à présent dans notre petit refuge que forme l'habitacle de la Mustang. Il neige encore, mais je ne vois les flocons qu'à la lumière des phares et sur le pare-brise. Il fait trop sombre pour distinguer quoi que ce soit d'autre.

Je passe mes mains dans mes cheveux humides. Je ne dois ressembler à rien, mais Noah me regarde comme si ça n'avait pas d'importance. Ma question à propos de Rina semble l'avoir perturbé, si bien que je décide de revenir à un sujet plus léger.

— Quel est ton meilleur souvenir d'enfance ? je lui demande.

La voiture fait deux nouvelles petites embardées. Les mains de Noah se resserrent sur le volant et les écarts sont à peine perceptibles. Nous ne risquons rien.

Noah me raconte sa journée de Thanksgiving quand il avait neuf ou dix ans. Ses cousins étaient venus de Caroline du Nord et avaient apporté une énorme marmite pour faire cuire la dinde. Ses parents l'avaient nommé « le maître officiel de la dinde » ce jour-là. C'était la première fois de sa vie qu'on lui confiait une si grande responsabilité. À l'aide d'un vieux téléphone, il était chargé de tout minuter : la marinade, le temps d'attente, le passage au four. Il avait même calculé le temps exact de cuisson grâce à une formule que sa mère avait trouvée en ligne.

Il me raconte que son oncle, après une bière de trop, s'était disputé avec ses parents, affirmant que Noah risquait de tout gâcher ; mais ceux-ci s'étaient montrés intraitables. C'est ce jour-là qu'il a réalisé que ses parents croyaient vraiment en lui. Même s'ils le lui avaient toujours répété, cette fois, il en avait eu la certitude.

Pendant qu'il parle, je me tripote les ongles… Un vieux tic. Une émotion mesquine, mais difficile à ignorer, me submerge : la jalousie. Ce doit être génial de ne s'inquiéter que du minuteur à Thanksgiving.

— Ç'avait l'air chouette, dis-je une fois qu'il a terminé.

— Oui, sauf mon oncle qui avait un coup dans le nez ! s'esclaffe-t-il.

— Non, même ça.

— Comment ça ?

— C'est dans l'ordre des choses.

— C'était comment Thanksgiving chez toi ? demande-t-il.

— Oh ! Bien.

Je ne veux pas lui parler de la fois, quand j'avais onze ans, lors d'un des rares Thanksgiving tombant le jour de mon anniversaire, où ma mère a piqué une crise à l'idée qu'il n'y ait pas assez de patates douces et où, après une brève dispute avec mon père, elle a passé le reste de la journée au lit, dans le noir, la porte close. Mon père et moi avions mangé seuls, et bien sûr, il y avait assez de patates douces parce qu'il n'est pas difficile d'en prévoir suffisamment pour trois. Ma part de tarte au potiron était bien triste avec sa bougie plantée dedans, pendant que mon père me chantait « joyeux anniversaire ».

Je ne veux pas lui raconter que, même les bonnes années, j'avais toujours peur de dire quelque chose qui fasse craquer ma mère. Les détails, la pression, tout ça la stressait. Les fêtes étaient toujours compliquées, tendues, et nous redoutions le pire… Nous marchions sur des œufs en permanence.

Parfois, je ne peux pas m'empêcher d'avoir cette pensée redoutable : pas étonnant que mon père soit parti.

Noah baisse la musique.

— Tu vas bien ?

— Hein ?

Je me tourne vers lui. Ses lèvres portent encore la trace du sourire qu'il avait en évoquant ses parents. On sent qu'il les aime.

Pourquoi faut-il qu'il aime encore son ex ?

— J'ai dit quelque chose qu'il ne fallait pas ? demande-t-il en me jetant un bref coup d'œil, ses yeux noisette presque gris dans la pénombre.

— Non.

La voiture dérape à nouveau sur une plaque de verglas. Je vois ses épaules se crisper, mais une milliseconde plus tard, c'est terminé. Tout va bien. Nous sommes presque arrivés. La cérémonie a commencé, mais j'ai encore des chances d'assister à la réception. D'être là pour mon père, Béa et Kat. De passer une merveilleuse semaine.

Et qui sait ? Peut-être que je resterai plus longtemps. Peut-être qu'ils ne voudront plus que je reparte.

Quoi qu'il en soit, cette petite virée sera bientôt terminée. Je raconterai cette histoire à mes enfants un jour, comme l'a suggéré Noah. La fois où je me suis perdue dans l'État de New York avec un bel inconnu. J'exagérerai même son charme pour la postérité. Je ne mentionnerai pas ses dents de travers. J'ajouterai un baiser, histoire de pimenter le passage sur l'agence de location.

— Et toi, quel est ton meilleur souvenir d'enfance ? demande Noah. J'attends toujours.

Le mien n'est pas difficile. J'ai déjà joué à ce jeu auparavant. Pour Dara, c'était son premier séjour à Disney World en Floride, bien qu'elle ait vomi dans la Tour de la Terreur. Pour Simone, c'était le jour où son frère et elle ont mis un faux serpent dans la boîte à outils de leur père ; il a hurlé et ils ont tellement ri qu'ils en avaient les larmes aux yeux.

Bien sûr, le mien était plus facile à raconter à l'époque, quand je pouvais penser à mon père sans en être malade.

— La première fois que mon père m'a emmenée faire une randonnée, je réponds en attrapant le téléphone de Noah pour passer à la chanson suivante, ma préférée.

— Randonnée et lacrosse ? Quelle athlète !

— Tu as l'air méprisant quand tu parles comme ça, tu sais.

— Ah bon ?

— Tu ne dirais jamais ça à un mec qui fait une activité sportive et de la randonnée de temps à autre.

— Tu as raison, c'est pas faux, admet Noah gentiment. Réflexion faite, je suis étonné que tu m'aies laissé porter ta valise.

— Tu me l'as presque arrachée des mains, dis-je avec humour.

— J'avoue.

— De toute façon, je ne fais même plus de lacrosse, donc je suis loin d'être une athlète.

— Pourquoi ?

Parce que divorcer coûte cher et jouer au lacrosse n'est pas donné. Encore une chose que mon père m'a enlevée quand il nous a quittées.

— Peu importe, je réplique. Bref, mon plus beau souvenir… Quand j'avais huit ans, mon père m'a emmenée en randonnée. Je crois qu'il en rêvait depuis longtemps parce qu'il en faisait beaucoup avant de rencontrer ma mère, or elle refusait de l'accompagner. Pendant qu'elle était sortie faire du shopping, mon père m'a annoncé qu'il avait un cadeau pour moi, et il m'a offert ma première paire de chaussures de rando. Elles étaient rose fluo, puisque c'était la seule couleur que je portais à l'époque…

— Tu adorais le rose ? Toi ? Je n'en reviens pas !

— C'était une phase. Brève, mais intense. Quoi qu'il en soit, on a fait deux heures de voiture pour rejoindre ce sentier dans la vallée de Shenandoah et on a écouté les Beach Boys durant tout le trajet, car mon père les adorait alors que ma mère les trouvait ringards. On a fait le circuit de dix kilomètres comme des pros, sans s'arrêter. Arrivés au point de vue, on a pris des selfies ensemble. C'est devenu une tradition chaque mois.

Une tradition qui lui a permis de rencontrer Sophie, mais je n'en parle pas. Sa passion pour la randonnée a fini par dépasser son amour pour moi. Il partait pour des treks d'une semaine pendant que j'allais en cours.

Dara m'a demandé un jour si je ne trouvais pas bizarre qu'il parte en vacances sans nous, mais je l'ai défendu en disant que ma famille ne faisait rien comme les autres. Avant, j'en étais fière.

— Tu pars encore en rando avec lui ? demande Noah, alors que la voiture dérape sur une nouvelle plaque de verglas.

J'attends que le danger soit passé pour lui répondre.

— Non, plus maintenant.

NOAH

18 h 31

Je vois à l'expression d'Ammy que le verglas sur la route lui fait peur. Elle a le visage blême, crispé. Je ne suis pas rassuré non plus. Encore quatre-vingt-quinze kilomètres. Il suffit que je reste calme. Pas facile quand elle glisse ses cheveux derrière ses oreilles, quand elle dit quelque chose qui me laisse sur ma faim, ou quand son rire pétillant emplit l'habitacle comme des bulles de champagne.

— Bon, question suivante, alors, je déclare.

— Tu es sûr que ça va ? demande-t-elle en se tournant vers moi. Tu arrives à conduire sur cette route ?

— Ne t'inquiète pas.

— D'accord, dit-elle à contrecœur, mais elle ne me pose pas de nouvelle question.

Ammy regarde droit devant elle, nerveuse. Au bout de quelques minutes, je prends mon courage à deux mains. Je veux connaître le fin mot de l'histoire et c'est probablement notre dernière chance. Je décide de suivre le conseil de mon père : ne jamais rien demander sans contrepartie.

— Je te propose un marché, je déclare.

— C'est-à-dire ?

Je garde les yeux fixés sur la route, ou plutôt, sur les trois mètres de bitume que je distingue à la lueur des phares.

— Je te raconte ce qui s'est vraiment passé avec Rina si tu me dis pourquoi tu es là.

Elle reste si longtemps silencieuse que je crains de l'avoir vexée.

— Qui commence ? finit-elle par demander.

— Moi. En gage de confiance.

La vérité est embarrassante, mais je me lance.

Après être revenu bredouille de cette fameuse falaise, je suis allé directement dans ma chambre. J'en suis sorti à l'heure du dîner, mais j'étais plus taciturne que d'habitude. Rina sentait qu'il y avait un problème. J'ai attendu la fin du repas. C'était le dernier soir de notre voyage. On aurait dû être heureux.

Quand j'avais répété à Bryson ce qu'elle avait dit à Cassie, il avait insisté pour que je ne laisse pas passer ça : « Elle va continuer à sortir ce genre de conneries jusqu'à ce que tu lui tiennes tête », m'avait-il seriné. Il était un peu comme Rina sur ce point ; il me poussait toujours à être plus audacieux.

Lorsque Rina a insisté pour savoir ce qui n'allait pas, tout est sorti d'un coup. Comme le feu d'artifice que nous avions admiré au-dessus du lac quelques nuits plus tôt. Une véritable explosion.

J'ai listé toutes les choses blessantes qu'elle m'avait dites. Elle pleurait. Elle m'a demandé comment je pouvais être fâché pour une chose aussi stupide. Je suis sorti en trombe de la chambre et j'ai passé la nuit sur le canapé. Le jour suivant, nous ne nous sommes pas adressé la parole. Nous sommes rentrés à Hudson, murés dans le silence.

Le soir, Rina est venue chez moi. Dans le jardin de mes parents, nous nous sommes disputés violemment. Elle m'a dit que j'avais dépassé les bornes en déclenchant une si grosse dispute le dernier jour de notre voyage. En la « prenant de court » ainsi. Je lui ai répliqué qu'elle avait « dépassé les bornes » pendant deux ans et demi en essayant de me changer constamment. De changer ma personnalité. Je lui ai recraché ses paroles à la figure : « Personne ne veut d'un mec qui a peur du monde entier. »

« Eh bien, c'est sûr que je ne veux pas de toi vu comment tu te comportes ! a-t-elle crié.

— Tant mieux ! ai-je répliqué. Au moins, c'est réglé. »

La colère a aussitôt disparu de son visage, remplacée par la tristesse. Le choc.

« Comment peux-tu dire une chose pareille ? a-t-elle gémi. Pour une raison aussi stupide ?... Tu n'es pas sérieux... C'est Bryson qui t'a poussé à faire ça ?... Ne me tourne pas le dos, Noah. Ne pars pas comme ça... Arrête !... »

Mais je ne l'ai pas écoutée. Je suis parti, la laissant seule, en pleurs, dans le jardin de mes parents.

J'explique à Ammy que ç'aurait pu ne pas être la fin. J'aurais pu changer d'avis, si je n'avais pas couché avec cette fille trois jours plus tard. Je n'avais jamais été avec personne d'autre que Rina. Je me sentais tellement coupable, je ne pouvais pas retourner vers elle après ça.

— Ouah ! lâche Ammy dès que j'ai terminé.

— Je sais. Toute cette histoire est tellement idiote, ridicule, je commente.

Je m'agrippe au volant. Je sais ce qu'elle va dire : tu as rompu avec l'amour de ta vie parce qu'elle t'a taquiné quand tu n'as pas voulu sauter d'une falaise ? Tu as quitté quelqu'un pour *ça* ?

Elle reste silencieuse les yeux dans le vague. Je sais qu'elle me juge. Je le mérite.

Quand Ammy se retourne enfin vers moi, son regard n'a pourtant rien de désapprobateur. Il semble presque... compatissant.

— Je ne comprends pas, finit-elle par dire.

— Qu'est-ce que tu ne comprends pas ?

Du coin de l'œil, je la vois hausser les épaules en tirant sur les manches de son pull.

— Si elle te traitait toujours comme ça, pourquoi veux-tu te remettre avec elle ?

C'est choquant de l'entendre dire ça. Je ne m'y attendais pas. Tout ce temps, j'ai cru avoir tout gâché. Mais… Mais… Sentant une nouvelle plaque de verglas, je m'agrippe au volant. Je m'aperçois alors que, formulé ainsi, je n'ai pas de réponse à sa question.

AMMY

18 h 36

Je tripote l'ourlet de mon pull. Je suis étonnée d'avoir eu le cran de dire à Noah le fond de ma pensée. Mais le plus étonnant – ou le moins étonnant, peut-être, puisque nos sentiments semblent évoluer de minute en minute –, c'est qu'il n'a pas donné de réponse. Un silence pesant s'est installé entre nous et je me rends compte à quel point j'en attendais une.

Je tire sur un bout de laine et deux rangées se détricotent. C'est incroyable comme il est facile de défaire les mailles, simplement en tirant au bon endroit.

Pendant cette dernière heure, je me suis répété que je me faisais des films. Et que c'était une mauvaise idée, mais que ça n'avait pas d'incidence puisqu'il était déjà pris. Et c'est encore le cas, j'imagine. Sauf qu'il n'a toujours pas répondu.

Je ne peux pas m'empêcher de repenser à la manière dont il m'a serrée dans ses bras et m'a fait tournoyer. Pendant ce bref moment, j'ai espéré être celle qu'il désirait. C'était un espoir minuscule, aussi ténu que les flocons qui valsent dans l'air autour de nous.

Ai-je le droit de tomber sous son charme ? Il compte avouer à une autre fille qu'il tient à elle. Est-ce que ça fait de moi la… maîtresse ? Non, c'est différent : Noah n'est pas marié, la fille en question ne sait même pas qu'il vient lui rendre visite ce soir, et nous sommes encore des ados, sans attaches. Il m'a répété durant tout ce voyage qu'il regrettait d'avoir rompu avec elle, mais il n'a toujours pas répondu !

Choisis-moi ! Pas elle !

C'est ridicule, mièvre… Tout ce que je voulais éviter. Alors, je regarde droit devant moi. Je m'attaque au dernier vestige de vernis à ongles sur mon pouce. Silencieuse et immobile.

Et puis soudain, je reconnais la sensation familière de verglas sous les roues, je vois les poings de Noah se serrer ; la voiture fait un écart et il reprend la parole :

— Je ne sais pas quoi répondre.

J'ai envie de l'obliger à exprimer ce qu'il ressent au plus profond de son cœur, mais je n'en ai pas le temps.

— Merde ! s'exclame-t-il.

La voiture ne s'arrête pas. Noah tourne le volant, en vain. Tout mon corps est secoué lorsque la voiture fait une sortie de route.

Les mains de Noah sont toujours agrippées au volant, il est terrifié. Nous dérapons vers la bande d'arrêt d'urgence, portés par le verglas. Je m'accroche au tableau de bord, Noah hurle en enfonçant la pédale de frein et…

La voiture tourne sur elle-même. Une, deux, trois fois peut-être.

Le monde, l'obscurité, la tempête nous entourent, tandis que nous sommes ballottés dans tous les sens.

Que va-t-il nous arriver ? Reverrai-je un jour ceux que j'aime ? Peu importe ma colère. Peu importent nos erreurs. Je veux juste les revoir. Et tout pardonner.

Je pose une main sur la cuisse de Noah, l'autre sur la portière pour me retenir.

La voiture ralentit.

Je vois à nouveau au-dehors.

Enfin, nous nous arrêtons.

NOAH

18 h 38

J'Y CROIS PAS. C'EST PAS POSSIBLE.

Mon cœur bat si vite que c'en est flippant, mais le monde continue à tourner, la neige à tomber, les panneaux lumineux de l'autre côté de l'autoroute à briller, le vent à rugir, comme si de rien n'était.

La voiture a échoué sur le bas-côté, dans le mauvais sens. La main d'Ammy est dans la mienne. Je sens les battements de son cœur. Rapides et furieux. Comme la voiture une minute plus tôt.

Je me tourne vers elle. Elle est assise droite comme un *i*, les yeux grands ouverts. Sous le choc.

— Ça va ? je parviens à articuler enfin.

Ammy ne répond pas, et se contente d'inspirer, expirer, inspirer, expirer, de façon saccadée.

Je ne lâche pas sa main. J'en serais incapable, même si je le voulais, parce qu'elle m'agrippe de toutes ses forces.

— Tu vas bien ? je lui repose la question.

Cette fois, elle réagit, me contemple, les yeux écarquillés, telle une biche perdue dans les bois d'un de ces contes que ma grand-mère me lisait.

— Je crois, finit-elle par répondre.

Penser à comment les choses auraient pu tourner me terrifie.

— Et toi ? continue-t-elle d'une voix tremblante.

— Je crois aussi.

Elle me serre la main, puis recommence à fixer le pare-brise.

— Ne dis rien, s'il te plaît, ajoute-t-elle. Je vais bien.

Je jette un coup d'œil à mes jambes, puis aux siennes. Pas de sang. Rien. J'ai juste un peu mal aux épaules après le choc contre le siège. Nous avons une chance inouïe.

— Ça fait deux ans que je conduis par ici en hiver et rien de tel ne m'était jamais arrivé, dis-je.

— Je croyais que je t'avais demandé de te taire, répond Ammy toujours sans me regarder mais en me serrant fort la main.

— Je suis vraiment désolé. Je n'aurais jamais pris la route si j'avais su… Désolé, vraiment. Je m'en serais voulu à mort s'il t'était arrivé quelque chose.

Mes yeux sont humides. Je chasse mes larmes du revers de l'autre main.

— Tu ne sais vraiment pas te taire, me fait remarquer Ammy.

J'éclate de rire et mes larmes coulent de plus belle.

— Je sais.

Elle se penche vers moi et glisse son pouce sous ma paupière. Un frisson me parcourt, comme si je m'éveillais d'un long rêve. Je meurs d'envie de… même si je ne devrais pas.

Ammy laisse alors retomber sa main et s'écarte doucement.

Soulagement. Retour au calme. Déception.

— On ne peut pas continuer à rouler par ce temps, déclare-t-elle.

Il nous reste encore quatre-vingt-dix kilomètres. Mais elle a raison. Elle désigne, par la vitre, le néon de l'autre côté de l'autoroute. C'est l'enseigne d'un *Super 8*. Probablement la pire chaîne de motels. Une chambre pourrie pour nous deux. L'idée me rend fou.

Je redémarre lentement, le gravier et la neige crissent sous les roues de la voiture. Mon cœur bat de nouveau la chamade.

Il nous faut un quart d'heure pour parvenir au motel, en reprenant l'autoroute, puis la sortie suivante et en refaisant le chemin en sens inverse. Je suis tellement nerveux – à l'idée d'avoir un accident ? de passer la nuit avec elle ? – que je n'ose pas aller à plus de vingt-cinq kilomètres à l'heure.

Enfin, je me gare dans le parking presque vide. Nous nous approchons de la double porte en verre qui n'a pas l'air d'avoir été nettoyée depuis un moment. Pas âme qui vive à l'intérieur. Ammy s'avance jusqu'à la réception et sonne comme si elle était en terrain conquis.

Si personne ne se pointe, tant pis, nous dormirons sur les canapés minables du hall. Après la journée que nous avons passée, ça serait même du luxe.

Un type de notre âge paraît enfin.

— Je peux vous aider ?

Je prends une profonde inspiration, afin de me donner du courage. Ammy a consulté le règlement de *Super 8* sur le chemin. La plupart des motels acceptent des clients à partir de dix-huit ans, mais d'autres exigent un âge minimum de vingt et un ans.

— On voudrait une chambre pour la nuit s'il vous plaît, je déclare.

Le jeune homme commence à pianoter sur son ordinateur. Je soupire de soulagement.

— Une simple ou une double ? demande-t-il.

— Double ! intervient Ammy avant que j'aie le temps de répondre.

— Deux lits, c'est noté. Une pièce d'identité ?

Je sors mon portefeuille et lui tends ma carte. C'est le moment de vérité…

Il l'étudie.

— Ah…, commence-t-il à dire.

Oh, non ! C'est pas de bol.

Ammy relève aussitôt la tête. Elle pense la même chose que moi.

— Je viens d'Hudson moi aussi, commente le gars. J'ai été au lycée là-bas. Et vous ?

Explosion de joie intérieure. Il veut simplement évoquer des souvenirs. C'est le genre de mec pour qui le lycée a dû être la plus belle période de sa vie.

— Désolé, non, je mens. Lycée privé.

— Ah ! Dommage, mec. J'adore parler du bon vieux temps !

Bingo.

— Le petit déjeuner est servi à partir de sept heures. Vous devez libérer la chambre à onze heures. Profitez bien !

Il me tend les clés et je me tourne vers Ammy. Ses yeux sont remplis de tellement de choses : l'épuisement et, bien sûr, le soulagement.

Mais aussi… l'excitation ?

Quand je suis parti ce matin, je ne me doutais pas le moins du monde que je passerais la nuit avec une autre fille que Rina, ni que l'idée serait aussi enivrante.

AMMY

19 h 18

Je suis paralysée par l'émotion dès que nous pénétrons dans la chambre. Mes yeux se posent aussitôt sur les deux horribles couvre-lits mauves à fleurs si proches l'un de l'autre. À peine quelques centimètres entre les deux lits. Pour être honnête, je suis loin d'être déçue. L'espace d'une seconde, je regrette presque que cette chambre double ait été disponible. S'il n'était resté qu'une chambre simple…

Noah ferme la porte derrière nous. Un frisson me traverse lorsque je prends conscience que je suis dans une chambre d'hôtel. Avec un garçon que je ne connais que depuis huit heures et que j'ai déjà dans la peau.

— Tu choisis quel lit ? je lui demande.

Je sens sa présence, toute proche. Si imposante dans cette petite chambre. Il me donne une légère tape dans le dos et ma peau semble prendre vie à son contact.

— À toi de choisir, madame Adler.

Je me tourne vers lui, tentant de rester calme. *Zen.* Il a un sourire idiot aux lèvres.

— Je ne prendrai jamais le nom d'un mec. Jamais. Je resterai Ammy West jusqu'à mon dernier souffle.

— Je plaisantais !

Mon expression ne change pas d'un cil.

— Bon, d'accord, ne prends pas mon nom de famille, dit-il avec un clin d'œil. Je ne voudrais pas en changer non plus si le mien était si cool.

Je marque un temps d'arrêt : je ne lui avais pas donné mon nom complet jusqu'à présent. Désormais, il pourra me chercher sur Facebook, m'écrire, me raconter tous ses secrets, bien après que cette soirée sera terminée. Si c'est ce qu'il pense, il ne le montre pas.

— Donc j'imagine que tu ne veux pas faire semblant d'être ma femme ?

Je secoue la tête, le visage en feu.

— Non merci.

Histoire de m'occuper, je pose ma valise sur le lit près de la fenêtre. Je retire mes gants et m'assieds. Le couvre-lit est aussi rêche que moche. Le lit grince sous mon poids. Le cliché de la chambre d'hôtel bas de gamme.

— Je prends celui-ci, j'annonce, parfaitement calme.

Noah balance son sac et s'affale sur l'autre lit.

Je parcours la pièce du regard. Le rideau marron usé rivalise avec la moquette d'une drôle de teinte bleu canard. Une reproduction d'un mauvais tableau orne le mur opposé, au-dessus d'une télé à écran plat, seule touche de modernité de la chambre. Les murs sont d'un blanc crème sale, les lumières à la fois crues et faiblardes.

Noah s'accroupit sur le lit, les mains sur les genoux.

— Bon, ce n'est pas un chalet douillet, mais ça fera l'affaire.

— Dire que j'imaginais les montagnes Catskill pleines de charme, dis-je avec un sourire narquois. C'est ce que racontait mon père en tout cas.

— On n'est pas dans les Catskill, réplique Noah en riant. Hudson est plus proche des monts Berkshire, à vrai dire.

Ah bon ? Pourtant mon père me bassinait toujours avec la magie des Catskill, là où il a rencontré Sophie. J'ai dû confondre les deux.

— Peu importe, dis-je.

Noah se redresse.

— Tu… euh… tu as besoin de prévenir quelqu'un ?

Je jette un regard paniqué vers mon sac.

— Merde ! je lâche.

— T'as oublié ?

Sans répondre, je saute du lit, me précipite vers mon sac et en sors mon portable. Trois nouveaux messages de Kat :

Meuf, qu'est-ce que tu fabriques ? Je m'inquiète !

Tu vas arriver à temps pour la fête ?

Dis-moi que tu vas bien !

J'écris ma réponse aussi vite que possible :

Loooooooongue histoire, mais le train est tombé en panne, du coup avec ce mec on a essayé de louer une voiture, on s'est pris une plaque de verglas et maintenant on est au motel.

Comme elle ne répond pas, je lui envoie un deuxième SMS :

Désolée d'avoir tout raté mais t'inquiète pas pour moi, je devrais arriver demain.

Puis, incapable de résister, j'ouvre les messages de ma mère :

C'est terminé ?

C'était comment ?

Tu ne me parles plus ?

Je n'ai rien à lui dire. Quand je repose mon téléphone, je vois Noah qui m'observe, appuyé sur ses coudes.

Son sourire me sort aussitôt cette avalanche de messages désagréables de la tête. Mon cœur s'emballe et j'ai envie de sauter dans ce lit avec lui.

— Alors tu ne veux toujours pas me dire ? articule-t-il.

— Te dire quoi ?

Je me rassieds sur mon lit. Ma zone de sécurité. Celle qui m'empêche de perdre la tête.

— Ce que tu fais là. Après tout, j'ai déjà rempli ma part du marché.

Je repense à ce qu'il m'a raconté. Je me force à rire pour détendre l'atmosphère, mais au fond, je suis furieuse contre cette fille qui lui a fait croire qu'il devait changer, qui l'a asticoté, jour après jour, année après année, puis s'est étonnée qu'il craque.

Une question horrible me vient à l'esprit : mon père a-t-il ressenti la même chose après notre dernier Thanksgiving tous ensemble ? A-t-il eu raison de partir ?

Je me lève d'un bond. La pièce est trop petite, étouffante, et Noah est trop… présent. J'ai peur de faire quelque chose d'inconsidéré. Par exemple, le serrer dans mes bras et lui dire que je ne me moquerais jamais de lui s'il refusait de sauter d'une falaise, ou lui demander s'il me quitterait un jour, moi aussi. Comme ma mère.

Ammy, reprends-toi !

Je sors la première chose qui me vient à l'esprit :

— Je vais chercher des glaçons. Et… de quoi grignoter.

— Tu veux que je vienne avec toi ?

Je fais « non » de la tête, prends de l'argent dans mon sac, puis quitte la chambre sans le regarder.

À en croire le plan d'évacuation, la machine à glaçons se trouve au rez-de-chaussée, de l'autre côté du motel. En longeant la coursive, je me penche par-dessus la rambarde pour repérer notre Mustang. Elle est déjà recouverte d'un blanc manteau. Pourvu que, demain, nous puissions repartir à une heure décente…

Et pourvu que non. J'observe les flocons, l'obscurité, le calme de la route. Nous sommes dans une boule à neige – Noah, moi, ce motel – et c'est peut-être fou, mais je n'ai pas envie d'en sortir. J'imagine un monde où je n'aurais rien d'autre à faire que de me pelotonner contre Noah pour me réchauffer.

L'idée de rester avec lui dans une chambre d'hôtel – même minable – pendant des semaines est la perspective la plus attrayante qui s'offre à moi aujourd'hui.

La machine à glaçons est une antiquité. Je soulève le couvercle et y plonge le seau en plastique noir trouvé dans la chambre. Quand j'étais petite, c'était la première chose que je faisais en arrivant à l'hôtel. Ma mission, comme Noah avec le minuteur pour la dinde. Une ou deux fois par an, nous nous rendions à Asheville, en Caroline du Nord. Nous logions au Sheraton, dans une chambre avec deux lits doubles, dont un uniquement pour moi – l'avantage d'être fille unique. Ces vacances étaient magiques et ma mère organisait tout de A à Z. L'hiver, nous allions jusqu'au domaine Biltmore voir les décorations de Noël dont ma mère raffolait. Nous achetions l'édition spéciale de la boule de Noël afin de l'ajouter à notre collection sur notre sapin. L'été, nous parcourions les galeries d'art. Dès notre arrivée à l'hôtel, je partais à la recherche de la machine à glaçons. Ma mère mettait alors une bouteille de vin blanc dans le seau à glace à grand renfort d'effets de manche, même si le récipient était à peine assez grand pour accueillir une bouteille et quelques glaçons.

Quand j'étais plus jeune, mes parents prenaient une baby-sitter le samedi soir. Ils se mettaient sur leur trente et un pour aller dîner dans un bon restaurant, pendant que la baby-sitter et moi appelions le *room-service*. Plus tard, vers l'âge de douze ans, j'avais le droit de rester seule, de louer un film et de commander tout ce que je voulais à manger.

Je prends conscience que ça n'arrivera plus. Ce souvenir à présent douloureux me brûle comme une flamme.

Je récupère une dizaine de glaçons dans le seau, avant de refermer le couvercle, puis de retourner vers l'escalier. Il me reste assez d'argent pour acheter trois sachets de Cheetos au distributeur, deux paquets de bretzels, une boîte de Skittles et deux Coca. Après avoir relevé le bas de mon pull pour y entasser mes trésors, je regagne la chambre.

Je ne sais pas ce que demain nous réserve, ni ce que Noah pense en ce moment, mais je sais au moins une chose : la soirée nous appartient.

NOAH

19 h 33

À SON RETOUR, LES JOUES D'AMMY SONT TOUTES ROSES.

— Tu en as mis du temps ! je m'exlame. Je commençais à m'inquiéter. (Je lui prends le seau à glace.) Ah ! Pile ce qui nous manquait !

Ammy me jette un regard noir.

— Pardon, c'est pas drôle. Merci d'être allée chercher tout ça.

Elle déverse son butin sur le lit.

— C'est une habitude chez moi, explique-t-elle avec son fameux sourire en coin. Et ça prend une plombe de faire avaler des billets de un dollar tout froissés à un distributeur. Enfin, j'ai été efficace, non ? dit-elle en désignant les victuailles sur le lit.

— Tu aurais dû mettre un manteau, je rétorque sans me soucier du reste pour le moment.

— Merci, Monsieur de La Palice ! se moque-t-elle.

Je n'aime pas l'idée qu'elle ait froid. Je soulève mon couvre-lit, tire un bon coup sur la couverture en laine, puis l'enroule autour de ses épaules.

— C'est quoi, ma cape ?

— Monsieur de la Palice ne sort jamais sans son acolyte, la Reine de la Raillerie.

Ammy me lance un regard narquois, mais je vois bien qu'elle me trouve drôle. Elle s'emmitoufle dans la couverture ; je lui frotte les bras pour la réchauffer.

— C'est mieux ? je lui demande.

Un autre petit sourire complice se dessine sur ses lèvres et une mèche de cheveux tombe sur son visage. Elle est parsemée de flocons, qui fondent sous mes yeux.

— Oui, répond-elle, son regard plongeant dans le mien.

Mes mains se figent sur ses épaules. Son regard ne flanche pas. Et si je faisais disparaître cet adorable sourire d'un baiser ?

C'est trop. Je laisse tomber mes bras, recule d'un pas, m'éclaircis la voix, et tente de me vider la tête.

— Tu veux jouer aux cartes ? je propose.

Elle rit. D'un rire un peu forcé.

— Tu as apporté des cartes ? demande-t-elle en serrant sa couverture contre elle, tout en s'asseyant sur son lit.

— Évidemment. Je ne pars jamais sans !

Tout ce que je dis me semble stupide, le rouge me monte aux joues. Je me dirige vers mon lit et j'ouvre la poche de ma sacoche. À l'intérieur, il y a encore le papier plié sur lequel j'ai noté mon poème pour Rina.

Rina.

Qu'est-ce que je fabrique ? Notre aventure me monte à la tête. Mais ce n'est pas la vraie vie, comme disait toujours la petite sœur de Rina. Ce n'est qu'un concours de circonstances. Je ne connais pas cette fille. Elle ne veut même pas me dire ce qu'elle fait ici. Or, si quelque chose se passait ce soir, ça gâcherait toutes mes chances avec Rina.

Rina n'a pourtant jamais aimé mes blagues. Au point que j'ai finalement arrêté d'en faire. Il y a beaucoup de choses que Rina n'a jamais aimées chez moi, en fait.

La question d'Ammy résonne dans ma tête :

« Pourquoi veux-tu te remettre avec elle ? »

Je sors de mon sac le jeu de cartes que mes grands-parents m'ont rapporté d'Atlantic City. Ma grand-mère, Jen, était tellement forte au black jack que la plupart du temps, elle repartait du casino les poches bien remplies.

Là, tout de suite, peu importe à quoi nous jouons, j'ai juste besoin d'une distraction, afin de me remettre les idées en place. Je n'ai pas réfléchi avant de coucher avec la cousine de Bryson, ce qui, au final, n'était sympa ni pour elle ni pour moi. Ammy n'est pas n'importe qui. Et je sais déjà que si je l'embrasse, ça voudra dire beaucoup.

Je retourne m'asseoir près d'elle. En battant les cartes, je fais l'inventaire de ses achats : bretzels, Skittles, sodas et…

— Tu as pris trois sachets de Cheetos ? j'interroge.

Elle se redresse et s'adosse contre la tête de lit.

— Oui, pourquoi ? Tu n'es pas allergique, quand même ?

Je secoue la tête.

Ammy penche la tête sur le côté et, comme chaque fois, je n'ai qu'une envie : lui dire ce que j'ai en tête.

— Allez, insiste-t-elle, qu'est-ce qu'il y a ?

— Ma mère a une histoire débile avec des Cheetos, c'est tout.

— Raconte.

Ammy s'installe plus confortablement, ses cheveux au carré disposés en éventail autour de sa tête, comme un coquillage sombre.

— Allez, m'encourage-t-elle, ignorant que je suis en train de composer des poèmes sur sa chevelure. Je veux l'entendre.

Après une profonde inspiration, je me lance.

— L'année dernière, mes parents se sont séparés.

Ammy se redresse aussitôt.

— Je ne savais pas qu'ils n'étaient plus ensemble. Je croyais que…

— Si, si, ils sont ensemble. Attends, les tiens, non ?

Elle baisse tristement la tête. Ça veut tout dire.

— Bref, tu te rappelles quand je t'ai parlé de leur croisière pour « raviver la flamme » ?

Elle rit et semble se détendre maintenant qu'elle n'est plus au centre de l'attention.

— Je croyais que c'était un truc de vieux.

— Ils se sont séparés parce que mon père avait perdu son poste d'enseignant. Il devait être titularisé à la fac, mais il s'est passé quelque chose avec son directeur de département. Du coup, il a commencé un boulot très physique, pas du tout fait pour lui. Je ne sais pas si c'était la seule raison, mais quand il s'est blessé, ma mère a craqué. Mes parents ont un rapport bizarre à l'argent : soit ils en ont et dépensent tout, comme avec cette croisière, soit ils n'en ont pas du tout. Mon père avait eu une offre d'emploi dans un institut professionnel, qu'il avait refusée par principe, parce que ce n'était pas assez bien pour un professeur d'université. Ma mère était furieuse qu'il risque sa santé par pure fierté.

— Ça se comprend, commente Ammy.

— Mon père n'est pas en super forme. Crois-moi, si tu l'avais vu en train de refaire les toitures, tu aurais compris. Finalement, il y a quelques mois de ça, ma mère m'a dit que mon père avait quitté son job de charpentier pour accepter celui à l'institut professionnel et qu'ils s'étaient réconciliés. J'étais content pour eux, vraiment, mais j'avais peur qu'ils ne l'aient fait que pour moi. Alors, je lui ai demandé si c'était ce qu'elle voulait vraiment.

Ammy hoche la tête et pose le paquet. *Et toi, quelle est ton histoire ?* ai-je envie de lui demander.

— Alors, elle a répondu quoi ? dit-elle.

Je souris.

— Elle m'a raconté qu'un soir, au début de leur relation, ils devaient aller dîner dans un restaurant chic à Hudson, mais que leur réservation n'avait pas été retenue. Au final, ils s'étaient retrouvés à partager un énorme paquet de Cheetos et deux sodas, assis dans la voiture de mon père près de la gare – ma mère était venue exprès de New York pour leur rendez-vous – en attendant le train de vingt-trois heures.

— Et alors ?

— Alors ma mère m'a dit que mon père avait beau l'avoir rendue furieuse avec cette histoire de boulot, il était toujours le seul avec qui elle voulait partager un paquet de Cheetos en attendant un train dans une vieille voiture.

Ammy hausse un sourcil.

— Donc je te fais penser à ta mère ? Beurk ! s'exclame-t-elle en riant.

— Non, pas du tout. Mais en voyant les Cheetos, j'ai repensé à cette histoire, à ce qu'elle m'avait dit, et je ne sais pas, à tous les bons moments qu'on a passés ensemble aujourd'hui, malgré l'inconfort de la situation…

Ma voix s'éteint et je baisse les yeux sur mes mains.

— Bref. Je t'ai dit que c'était une histoire stupide. Je ne sais même pas pourquoi je te l'ai racontée.

Quand je relève la tête, je vois Ammy qui me regarde en souriant.

— Ce n'est pas stupide, répond-elle. Pas du tout.

AMMY

19 h 44

— Et si on jouait aux cartes ? je propose finalement.

Noah me regarde fixement, soudain tout proche, bien plus que lorsqu'il a commencé son histoire ; la seule chose qui nous sépare est la pile de plus en plus petite de friandises. Mon cœur bat si vite à présent que je suis sûre que si je ne fais rien, il va sentir les vibrations à travers les ressorts du matelas.

Et qu'est-ce qui se passera, alors ?

L'air aussi soulagé – et déçu ? – que moi, Noah repousse les divers sachets et sort son jeu de cartes. Je rêve ou ses mains tremblent un peu ?

Il commence à battre les cartes de façon très pro, comme au casino. Ma mère voulait m'apprendre, mais ça ne m'intéressait pas. Je préférais partir en randonnée avec mon père, être dehors plutôt qu'enfermée à jouer aux cartes ou à faire des puzzles.

— On joue à quoi ? demande Noah. Gin rummy ? Strip poker ?

— Oui, bien sûr ! je m'exclame.

— Je blague, je blague, admet-il, comme tout à l'heure devant le *7-Eleven*.

Je le trouve toujours aussi drôle… et adorable. Son grand sourire dévoile ses dents si *parfaitement* imparfaites. *Bon sang.* Il faut que j'arrête.

— Pourquoi pas à la pêche ? dis-je en ouvrant le deuxième sachet de Cheetos.

L'air incrédule, il passe ses mains sur ses bras nus, tirant sur les manches de son maillot que j'adore à présent.

— Tu as froid ? je demande. Tu veux ma couverture ?

Il m'ignore.

— La pêche, c'est pour les gamins de cinq ans. Tu ne connais rien d'autre ?

Je soupire en repensant à toutes les fois où ma mère m'a suppliée de jouer avec elle. Pourquoi étais-je aussi réticente ? C'était une sorte de règle tacite chez nous : maman pétait les plombs, et papa et moi partions de notre côté. Nous l'aimions, bien sûr, mais parfois… parfois c'était plus simple sans elle. Les week-ends étaient plus amusants quand nous n'étions que tous les deux. Même nos virées dans les magasins d'antiquités s'étaient presque arrêtées vers la fin.

Cela explique peut-être pourquoi ma décision soudaine de venir assister à ce pseudo-mariage a été si facile à prendre. Peut-être n'étais-je plus du côté de ma mère depuis un bon moment déjà.

— Je n'ai pas le courage d'apprendre un nouveau jeu après la journée qu'on a eue, je confesse à Noah. Allez, distribue.

Sans protester, il nous donne sept cartes chacun. J'ai trois reines. Pas un mauvais début. Je commence :

— As-tu une reine ?

À l'extérieur, le vent fait vibrer la vitre. Noah me tend la carte.

— Heureusement qu'on s'est arrêtés ici, remarque-t-il.

Nos doigts s'effleurent. Suis-je la seule à m'en rendre compte ?

Je pose mes deux paires de reines sur le lit. Victoire.

— Des deux maintenant ?

Il secoue la tête d'un air suffisant.

— Pêche.

Je pioche une carte et l'arrange dans mon éventail.

— À ton tour.

Il s'enroule dans le couvre-lit rêche, comme un gamin, sauf qu'il n'en est pas un. Et moi non plus. Nous sommes deux adultes – ou presque – dans une chambre d'hôtel. Dans les années cinquante, la scène aurait même été censurée à la télévision.

— Tu ne m'as toujours pas raconté ton plus grand regret, déclare-t-il soudain.

— Je ne crois pas que ce soit dans les règles du jeu.

Il pose ses cartes. J'entends des pans de glace tomber du toit dans un craquement.

— Et alors ? On n'a qu'à reprendre notre partie de Questions.

— Tu as dit que ce n'était pas un jeu ! Tu voulais joucr aux cartes.

Il se rapproche légèrement.

— J'ai accepté de passer en premier, insiste-t-il. Ce n'est pas ma faute si on est partis dans le décor avant que tu puisses répondre.

Je recule, mais ma tête heurte le tableau au-dessus de la tête de lit.

— Alors, qu'est-ce que tu veux savoir ? Mon plus grand regret ou la raison de ma présence ici ?

— Vu ta réticence à en parler, j'ai le sentiment que les deux sont liés. Comme pour moi.

Je prends une profonde inspiration, mais mon portable se met à vibrer. C'est Kat.

LOL, tu rigoles ? Tu rates le mariage pour choper un mec ? Avoue que tu me fais marcher !

Je lui réponds :

Je sais, ça craint, mais j'y peux rien. Et c'est pas comme ça. C'est un type bien. Étudiant à Hunter. On s'est juste retrouvés dans cette situation bizarre ensemble. Hé ! C'est toi qui me répètes toujours d'être plus aventureuse, je te signale !

Je vois qu'elle tape quelque chose en réponse puis s'arrête.

— Alors, tu as des trois ? demande Noah.

Je jette un coup d'œil à mon téléphone, mais il n'y a rien de nouveau.

— Pas de trois.

Il hausse un sourcil dubitatif.

— Honnêtement.

Il pioche une carte et passe une main dans ses cheveux ébouriffés. Je m'oblige à respirer calmement.

L'entendre parler de la séparation de ses parents m'a aidée, parce qu'on ne voit jamais ça à la télé ou dans les films sur le divorce, cette zone grise. Généralement, soit les enfants s'en fichent, soit ils partent en vrille. Mais il y a cet énorme entre-deux dont on ne parle jamais.

— Mes parents se sont séparés eux aussi, mais ils ne vont pas se remettre ensemble, dis-je le plus calmement possible.

Noah pose ses cartes.

— C'est moche.

— Ce n'est même pas ça, en fait. Ça fait presque un an. Je me suis habituée. Adaptée, plutôt. Mais…

— Mais ?

— C'est gênant.

— Tout est gênant quand on y réfléchit.

— Mon père nous a quittées. L'histoire habituelle, sauf que ce n'était pas pour une collègue, mais pour une prof de yoga qu'il a rencontrée en rando.

Les sourcils de Noah se froncent l'espace d'une seconde.

— Quoi ? dis-je. Qu'est-ce qu'il y a ?

Il secoue violemment la tête.

— Rien. Continue.

— Le truc, c'est que je suis venue passer dix jours à Hudson l'été dernier. J'ai rencontré ma nouvelle famille. Et je l'ai bien aimée. Enfin, à part ma belle-mère.

Je m'interromps un moment et Noah s'approche de moi.

— Qu'est-ce qu'il s'est passé ? Tu peux me le dire.

J'ai recommencé à m'abîmer les ongles ; je m'oblige à m'arrêter.

— Je ne sais pas. Vraiment pas. Ma mère a toujours été très anxieuse, tu vois. Mais… après le départ de mon père, elle s'est effondrée.

Je la revois hurler la dernière fois que je lui ai suggéré de se déconnecter une minute de Facebook :

« Alors maintenant, tu fais comme si rien n'était arrivé ? Tu es bien comme ton père ! »

— Elle est devenue obnubilée par la nouvelle vie de mon père. Elle suivait tout sur Facebook. Elle a même trouvé le compte Instagram d'une de mes demi-sœurs.

— On a tous essayé d'épier un ex un jour ou l'autre, dit Noah avec un petit rire peu convaincant.

— Chez elle, c'était une obsession. Et elle essayait de m'entraîner là-dedans. Je lui disais que je ne voulais pas passer mon après-midi à faire ça, mais elle ne m'écoutait pas. Et quand l'invitation au mariage est arrivée…

— L'invitation au mariage ?

Je soupire.

— La copine de mon père est une adepte du New Age et elle s'est mis en tête d'officialiser leur relation aux yeux d'une nymphe ou je ne sais quoi, alors elle a décidé d'avoir une cérémonie d'engagement. Pas un mariage vu que le divorce de mes parents n'a pas encore été prononcé.

— Ta mère a dû être ravie.

— Je ne te le fais pas dire. Elle est devenue encore plus obsessionnelle. Elle ne parlait plus que de ça. Plus aucune question sur ma journée au lycée, sur mes futurs projets à la fac, tous les trucs qui m'énervaient avant mais qui ont commencé à me manquer. Nos conversations tournaient en rond, elle répétait sans cesse la même chose : « Comment ose-t-elle ? Elle sait qu'on n'est même pas encore divorcés ? Comment peut-il la laisser faire ? » Et chaque fois qu'elle voyait quelque chose en rapport avec le mariage, elle pétait un plomb. Elle a eu quatre crises d'angoisse en un mois. Et c'est moi qui devais m'occuper d'elle. Si j'essayais de lui suggérer de désactiver ses comptes sur les réseaux sociaux, de faire une pause, elle me criait dessus.

— Ça n'a pas dû être facile à vivre, compatit Noah.

Mes yeux s'emplissent de larmes.

— Non. Je voulais juste que ça s'arrête. C'était épuisant d'être toujours sur le qui-vive, à appréhender une nouvelle crise. Elle avait prévu tout un programme ridicule pour nous deux aujourd'hui. Hier soir, quand je lui ai dit que je n'en avais pas envie, elle s'est énervée et j'ai craqué. Tout à coup, je voulais venir à leur fichue cérémonie et faire partie de leur famille, parce que même si ces abrutis ne voient aucun mal à briser un mariage, au moins, ils semblent sains d'esprit.

Les premières larmes commencent à couler et je les essuie.

— Mais maintenant, j'ai l'impression d'avoir pris le parti de mon père. J'ai abandonné ma mère à mon tour. Et tout ça pour rien : je ne suis même pas arrivée à temps pour la cérémonie !

— Oh ! je suis désolé, réplique Noah. Tellement désolé. C'est vraiment triste.

— Tu l'as dit, je bafouille avec un semblant de rire qui ressemble plus à un sanglot.

Noah se penche vers moi, mais je l'arrête d'une main.

— Non, ça va. J'ai juste besoin d'un mouchoir.

Il se lève d'un bond, se précipite vers la table de toilette miteuse près de la salle de bains et attrape la boîte de mouchoirs.

— Tiens !

J'en prends deux et m'essuie les yeux. Mon mascara laisse des traînées noires sur le papier.

— Alors, c'est ça ton plus grand regret ? reprend-il. Laisser ta mère pour aller au mariage ?

— Non. Pas du tout.

Je veux faire confiance à Noah et tout lui raconter, même si je sais que ce sera douloureux.

Ce n'était pas la première fois que mon anniversaire tombait le jour de Thanksgiving – la troisième, à vrai dire – mais cette fois, j'avais dix-sept ans. C'était spécial. Et, bien sûr, ce n'était pas la première fois non plus que ma mère se laissait envahir par le stress, mais encore une fois, c'était spécial.

Ça faisait deux mois que je demandais une Kindle. Lectrice avide, j'avais d'abord eu du mal à me faire aux liseuses – le romantisme du papier –, mais depuis que j'avais appris qu'on pouvait emprunter des romans numériques à la bibliothèque et en télécharger des dizaines tombés dans le domaine public, je mourais d'envie d'en posséder une et de l'emporter partout avec moi.

Mes parents n'ont jamais été très cadeaux. Plutôt économes, l'intention comptait plus que la valeur monétaire pour eux. Mais cette fois, je voulais cette Kindle. Et pas la moins chère. Celle qui imitait de vraies pages, qui permettait de lire aussi la nuit. À plus de cent dollars, elle était au-dessus de mes moyens.

J'avais quand même mené ma campagne, expliqué que c'était éducatif, que je pourrais l'utiliser à la fac dans quelques années, que je ne les harcèlerais plus pour qu'ils m'emmènent à la bibliothèque tout le temps et que je n'aurais plus à écumer les bouquinistes pour acheter des classiques, vu que je les aurais gratuitement !

Je leur avais rappelé que ce n'était pas juste pour mon anniversaire, mais aussi pour Thanksgiving. Certes, on ne reçoit pas de cadeaux à Thanksgiving d'habitude, mais quand même. C'était le moment ou jamais !

Je leur avais même fait remarquer qu'en tant que fille unique, ils avaient déjà économisé des tonnes d'argent en cadeaux au fil des ans.

Bref, j'avais mis le paquet. Et ç'avait fonctionné.

Ce matin-là, mon père semblait très heureux. Ma mère aussi. J'étais en pyjama devant la télé en train de regarder la parade de Thanksgiving quand mes parents sont entrés.

« Prête pour les cadeaux ? » a lancé ma mère.

Elle était déjà habillée d'un pantalon corsaire noir et d'un haut en soie beige que mon père avait fait rapporter de Paris par son directeur. Il avait souvent ces petites attentions. Ses cheveux étaient ramassés en chignon, pratique pour cuisiner tout en restant hyper chic. Mon père était encore en pyjama. On voyait à son regard qu'il l'aimait. Qu'il la trouvait belle.

Bien sûr, à l'époque, je m'en moquais. Tout ce qui m'importait, c'était de cacher mon inévitable déception si je ne recevais pas la Kindle.

Ma mère a sorti une boîte de derrière son dos.

« De notre part à tous les deux. »

Elle avait la forme d'un livre, environ treize par dix-huit centimètres. J'ai regardé ma mère, puis mon père, et j'ai attrapé le cadeau avec impatience.

Une fois que j'ai eu importé toutes les collections de Jane Austen, Henry James et Thomas Hardy dans ma nouvelle Kindle, ma mère a voulu me parler.

« Je sais que les fêtes n'ont pas toujours été merveilleuses, m'a-t-elle dit. Mais désormais, ça va changer. On va passer un Thanksgiving et un anniversaire parfaits. Tu le mérites. »

J'aurais dû lui dire que rien n'était jamais parfait et que ça n'avait pas d'importance. Peut-être alors les choses auraient-elles été différentes.

Nous avions assez de patates douces cette fois. Le problème n'était pas là. Et ma mère se donnait du mal.

Il restait vingt minutes de cuisson pour la dinde. Mon père mettait la table. Ma mère m'avait demandé de garder un œil sur la purée pendant qu'elle allait se maquiller. Je devais la remuer pour qu'elle ne brûle pas. C'était la première fois que ma mère la préparait elle-même, donc c'était important. Je le savais.

Mais remuer n'était pas vraiment passionnant. Et j'avais téléchargé *Le Retour au pays natal* de Thomas Hardy sur ma Kindle flambant neuve... Tout à coup, j'ai senti la fumée. Ma mère a déboulé dans la cuisine, de l'eyeliner sur un seul œil.

« Comment peux-tu être aussi ingrate ? a-t-elle hurlé. Après tout ce que j'ai fait pour toi ? Nous t'avons acheté ce gadget hors de prix, je te demande une seule chose pour que notre repas ne soit pas gâché et tu ne peux même pas te donner cette peine ! »

Aussitôt, mon père est arrivé dans la pièce, mais rien à faire. Elle avait les larmes aux yeux et le visage cramoisi.

« Tout ce que je veux, c'est une putain de journée où tout ne part pas en vrille ! C'est trop demander ? a-t-il crié à son tour.

— Je suis désolée, ai-je bredouillé en posant ma liseuse sur le plan de travail, avant d'éteindre la plaque de cuisson pour tenter de sauver la purée. Je suis désolée. J'étais absorbée par mon livre. »

Elle s'est emparée de ma Kindle. Mon père criait toujours, mais elle n'écoutait pas.

« Tu nous as réclamé ce joujou bien trop cher et c'est comme ça que tu nous remercies ? Tu peux lui dire adieu.

— Non, elle est à moi ! » ai-je imploré.

J'ai essayé de la lui arracher des mains, en vain. Je tirais, elle aussi, et soudain... J'ai dû lâcher prise, parce que la liseuse s'est envolée et s'est fracassée contre le mur, laissant une petite marque dans la peinture coquille d'œuf.

Je crois que c'est la goutte d'eau qui a fait déborder le vase pour mon père. Le moment où il a baissé les bras. Le lendemain, il s'est inscrit pour la randonnée. Deux semaines en Patagonie début mars. J'avais cours, donc pas question que je vienne. Il a proposé mollement à ma mère de l'accompagner, sachant pertinemment qu'elle refuserait. Puis il a passé les trois mois suivants à préparer son voyage, achetant du matériel et discutant avec les autres participants sur Facebook. Il n'a même pas remarqué les efforts de ma mère pour aller mieux. Il s'en moquait.

J'essaye de me persuader que ce n'était pas ma faute. Mais c'est indéniable : si je n'avais pas mis autant de pression sur elle, si je n'avais pas réclamé ce cadeau inutile, peut-être qu'il n'aurait pas fait cette rando. Il n'aurait pas rencontré Sophie. Ma famille serait toujours unie. Et je ne serais pas ici.

NOAH

20 h 02

Nous sommes assis si près l'un de l'autre que nos genoux se touchent presque. Je dois me retenir pour ne pas la serrer dans mes bras après tout ce qu'elle m'a raconté.

Elle a raison. Ce n'est pas une histoire tragique. Ni cancer, ni accident de voiture, ni maltraitance. Mais je vois bien que ça la ronge.

— Voilà mon plus grand regret, conclut Ammy.

Ses yeux ne sont plus embués, mais tristes, vides. Perdus.

Je m'y connais en culpabilité, et se sentir responsable de la séparation de ses parents, même si c'est irrationnel, doit être affreux.

— Tu sais que ce n'est pas ta faute, hein ? je lui murmure.

Elle hausse les épaules et remonte la couverture jusqu'à son menton.

— C'est ce que tout le monde dit. Je suis l'enfant et elle, l'adulte, blablabla. J'ai le droit de me planter, pas elle. Mais si je n'avais pas été une telle peste, si je n'avais pas mis autant de pression sur ses épaules en réclamant cette liseuse, ou même si j'avais prêté attention à la purée comme j'étais censée le faire, ça ne serait jamais arrivé. Et mon père serait encore avec nous.

— Sauf que non. Ç'aurait été quelque chose d'autre. Ce n'était que…

— La goutte d'eau qui fait déborder le vase. Je sais. Je ne suis pas idiote. Ma demi-sœur a dit la même chose. Mais quand même. Elle commençait à aller mieux avant son départ. Après Thanksgiving, elle a doublé ses séances avec son psy et a testé un nouvel antidépresseur. Pendant ce temps, il réservait ce voyage débile où il a rencontré ma belle-mère. Si tout n'était pas arrivé en même temps, ils ne se seraient jamais rencontrés…

— Mais tu n'y es pour rien.

Ses yeux croisent les miens, perçants, inquisiteurs.

— Alors pourquoi est-ce arrivé pile à ce moment-là ?

— Peut-être que c'était inévitable.

— Facile à dire, monsieur mes-parents-se-sont-remis-ensemble-finalement, réplique-t-elle d'un ton acerbe.

Je soupire.

— Je suis désolé. Sincèrement. Je sais que c'est ce que tout le monde dit, mais je le pense. Je suis désolé que tu aies vécu ça. Que tu te sentes si coupable alors que ce n'est pas ta faute.

Elle me fixe un moment.

— Merci. C'était vraiment moche de ma part de l'abandonner aujourd'hui. C'est pour ça que je ne voulais pas t'en parler. Enfin, en partie. Je me sentais tellement mal d'avoir sauté dans un train pour aller fêter le faux mariage de mon père, pendant que ma mère tombait littéralement en morceaux.

— *Métaphoriquement*, je corrige.

Elle lâche un petit rire.

— D'habitude, ça m'horripile aussi, mais là, je m'en fiche, reconnaît-elle.

Je regarde Ammy. Je sais que rien de ce que je peux dire ne la convaincra. Il ne suffit pas d'un soir, ni de quelques mots. Je sais que la culpabilité peut être implacable, insidieuse, voire impossible à surmonter.

Parfois, il faut rencontrer un inconnu dans un train pour avoir enfin le courage d'arrêter de se demander… *et si ?*

Je croise les bras et prends un petit air railleur.

— En tout cas, maintenant je sais pourquoi tu détestes autant les liseuses.

Ammy éclate de rire.

— Mon argument de ce midi n'est plus si percutant, hein ? lance-t-elle.

— Je te pardonne, je déclare, magnanime.

— Tu sais, mon père m'en a commandé une autre ce soir-là, mais je lui ai dit de la retourner. Je lui ai fait croire que ça ne me plaisait pas tant que ça, au final. Et j'ai même réussi à m'en persuader.

— Tu peux toujours emprunter la mienne.

Soudain, ça me frappe comme un coup de massue : Ammy ne vit pas ici. Ni à Hudson ni à New York. Je le sais depuis le début, mais ça me fend le cœur. Notre temps ensemble est compté. Nous devons en profiter.

Elle secoue la tête. Je me demande si elle pense la même chose que moi.

— J'ai mes petites habitudes à présent.

— Je vais devoir t'envoyer la trilogie de *Hunger Games* par la poste, alors, dis-je d'un ton qui se veut léger – comme si avoir trouvé quelqu'un qui me comprend si bien, mais qui vit si loin, n'était qu'une bonne blague. Plus tous les autres best-sellers que tu aurais jugés sans les lire.

— Hé ! C'est méchant, proteste-t-elle en ramassant son jeu. Bon, c'est à mon tour. Tu as des valets ?

Je lui passe les cartes.

— J'ai eu une pensée complètement folle dans le train, reprend-elle.

Nos doigts s'effleurent et ma peau s'embrase au contact de la sienne.

— Laquelle ?

— Je me suis dit : et si je restais plus d'une semaine ? Et si je ne retournais pas en Virginie ? Et si la nouvelle famille de mon père devenait la mienne ?

Je tente de calmer les battements de mon cœur et m'efforce de répondre avec désinvolture.

— On ne sait jamais, on deviendra peut-être voisins.

Elle sourit, presque rayonnante.

— Chaque chose en son temps. Maintenant, donne-moi tes quatre.

Incroyable mais vrai, je finis par gagner la partie.

AMMY

20 h 11

C'EST LA PREMIÈRE FOIS QUE JE SUIS SEULE AUSSI LONGTEMPS avec un garçon. Surtout dans une chambre d'hôtel.

Je repense alors à ce que m'a dit Kat le second week-end de mon séjour. Elle voulait aller à une soirée, ce qui impliquait faire le mur, mentir à Sophie et à mon père, et monter à six dans une voiture cinq places. Même si je ne comptais pas boire – mon père me laissait parfois prendre un verre de vin à table, si bien que je connaissais le goût des bonnes choses et qu'avaler de la piquette dans les bois ne me disait rien – cette rébellion était trop pour moi.

« On ne vit qu'une fois, Ammy, avait déclaré Kat. Tu ne revivras jamais cette soirée. Tu crois vraiment que dans cinquante ans, tu regretteras d'avoir été à une super fête en forêt ? Nos parents font ce qu'ils veulent, même briser un mariage. Pourquoi pas nous ? Tu passes bien trop de temps à t'inquiéter des autres. Parfois, il faut arrêter de se poser des questions. »

La fête avait été géniale. Kat avait eu raison.

« Tu ne revivras jamais cette soirée. »

Et cette *soirée*-ci, je suis dans un motel. L'idée est à la fois électrisante et flippante. Mon cœur s'emballe, j'ai les mains moites et les lèvres qui picotent.

Je l'observe. Il range les cartes dans leur boîte. Nous sommes si proches que nos genoux se touchent, deux points de chaleur dans la pièce froide.

La neige continue de tomber, je la vois entre les rideaux. Je ne veux même pas imaginer ce qui se serait passé si nous ne nous étions pas arrêtés pour la nuit.

Nos yeux se rencontrent. Il doit sentir cette excitation, cette pulsation dans l'air. C'est impossible autrement.

— Il fait pas chaud, hein ? dis-je.

À mon grand regret, Noah se lève. Il se dirige vers le radiateur.

— Il est réglé sur vingt-sept, annonce-t-il. Mais ça m'étonnerait qu'il marche.

Il donne un petit coup de pied au radiateur qui proteste avec fracas, puis il écarte le rideau et regarde au-dehors. Les lampadaires du parking illuminent la nuit d'un blanc brillant qui enveloppe tout. Comme une barrière de protection qui nous dissimulerait aux regards. C'est magnifique.

Noah revient s'asseoir en face de moi. Il semble encore plus près, cette fois. Levant les yeux, il croise mon regard. Et ne se détourne pas.

Je ne peux plus respirer, mon cœur semble sur le point d'exploser. Demain, on lira dans les journaux qu'une jeune fille de dix-huit ans est morte d'excitation après avoir passé sa première soirée seule avec un garçon.

— Tu veux un bout de couverture ? je lui propose.

Il secoue la tête.

— J'ai ça, répond-il en attrapant le couvre-lit.

— Mais il est tout pourri !

Il rit, mais ne fait pas mine de se rapprocher. Soudain, une bouffée d'audace me submerge.

— Allez, viens.

Cette fois, je n'attends pas qu'il réagisse. C'est peut-être la tempête, le fait que nous nous côtoyons depuis près de neuf heures, ou encore son regard soucieux quand je lui ai tout raconté. Ou bien, simplement, parce qu'il me plaît.

Je l'enveloppe dans la couverture. L'espace d'une seconde, il semble surpris, puis ses épaules se relâchent. Enveloppés dans notre petit cocon, nous sommes protégés du temps, des familles, des ex, de tout ce qui n'a plus aucune importance.

Noah se penche vers moi, son visage à quelques centimètres du mien.

— Est-ce que tu te doutais ce matin que tu passerais la nuit avec un inconnu ? dit-il en haussant un sourcil.

Il lève la main et me caresse les cheveux.

— Ammy, douce et belle.

Ma peau est en feu, j'en ai presque des frissons.

C'est alors que mon portable se met à vibrer.

Nous tournons tous les deux la tête.

Il vibre de nouveau.

— Euh, tu dois peut-être répondre ? demande-t-il.

Je secoue la tête.

— C'est sûrement Kat.

Aussitôt, il recule, laisse tomber sa main.

— Kat ?

— Ma demi-sœur, dis-je en touchant sa joue, râpeuse et parfaite, pour l'attirer à moi. Oublie.

NOAH

20 h 14

Elle me dit d'oublier son portable et j'obéis, parce que si je n'agis pas maintenant, j'ai peur de le regretter toute ma vie. Je déteste les regrets. J'en ai déjà bien trop.

Mes lèvres se posent sur les siennes. Elle ne se dérobe pas, mais s'allonge sur le lit. Mon corps se presse contre le sien, souple et accueillant, parfait. Le baiser vibre jusque dans mes orteils.

Ses lèvres, ses joues, sa langue sont douces. Bien plus que la couverture posée sur nos épaules. Elle me fait basculer et je me retrouve sur le dos. Je passe mes doigts dans ses cheveux, sur sa nuque, sous son tee-shirt. J'ai l'impression de renaître. Nos baisers sont fougueux, énergiques. Charnels.

Nous roulons et je me retrouve de nouveau sur elle, tandis que ses mains glissent dans mon cou. Elle agrippe légèrement mes cheveux, comme pour m'attirer encore plus près. C'est excitant, familier et inattendu en même temps. Différent de tout ce que j'ai connu auparavant. Plus vrai. Plus présent.

Je veux me perdre dans chaque baiser, faire durer cet instant pour toujours. Ne plus jamais quitter cette chambre d'hôtel.

Je m'écarte pour reprendre mon souffle. Ses joues sont en feu. Ses cheveux en bataille. Sa respiration haletante.

Je souris. Elle est parfaite, emmitouflée ainsi sous sa couverture. *Nous* sommes parfaits, emmitouflés dans notre couverture.

Ensemble.

— Ouah ! souffle-t-elle.

Je hoche la tête.

— Ouah !

La vérité m'apparaît si clairement à présent.

Peu importe ce que je pensais, la raison de ma présence ou ce qui nous a amenés jusqu'ici… Je suis complètement, irrévocablement fou de cette fille.

AMMY

20 h 32

Il me contemple comme si j'étais la huitième merveille du monde. Personne ne m'a jamais regardée ainsi.

Je me penche et dépose un léger baiser sur ses lèvres.

— Je parie que tu ne t'attendais pas non plus à ça ce matin, pas vrai ? je murmure.

J'aperçois les petites taches de rousseur autour de ses yeux. Les reflets roux dans ses sourcils sombres. Sa barbe naissante qui pourrait devenir touffue s'il le voulait. Ses cils sont plus fournis que les miens et, de près, ses yeux semblent verts.

— Pas du tout, répond-il. Mais je suis ravi.

Nos lèvres se rencontrent à nouveau et les montagnes russes reprennent. Ses baisers sont insistants, étourdissants, patients, doux. Je n'ai jamais été embrassée ainsi. Et je veux que ça ne s'arrête jamais.

Noah finit par reculer, me regarde et dit la chose la plus appropriée à la situation :

— Je veux te connaître par cœur.

C'est un peu nunuche, mais c'est tout lui ! Mon cœur palpite, s'emballe, s'envole. Je comprends enfin ce que voulait dire Simone quand elle racontait que sa copine lui donnait des ailes.

Au bout d'un temps, Noah reprend la parole.

— Tu sais quoi, on a besoin d'un dessert.

Je regarde la pendule et découvre avec surprise que deux heures se sont écoulées. Il m'embrasse sur le front, puis saute du lit.

— Je vais braver le froid jusqu'au distributeur pour rapporter des douceurs à ma damoiselle.

Je lève les yeux au ciel.

— Il faut vraiment que tu arrêtes de te ridiculiser.

Il éclate de rire et m'embrasse encore.

À son retour, nous nous installons devant la télé avec nos petits pains au miel sous cellophane, zappant entre la météo et un vieux film que j'ai déjà vu avec ma mère. Je me sens tellement…

Rassurée. Apaisée. Pour la première fois depuis très longtemps.

J'envisage de le lui dire, mais je pense qu'il le sait déjà.

Parce que je suis à peu près certaine que c'est pareil pour lui.

NOAH

4 h 57

JE NE SAIS PAS QUAND NOUS NOUS SOMMES ASSOUPIS, mais le bruit d'une pub à la télé me tire du sommeil.

La première chose que je vois en ouvrant les yeux, c'est Ammy. Elle est tout près de moi, les yeux clos, le visage paisible. Elle ronfle à peine, c'est adorable.

Nous sommes allongés sous la couverture, tout habillés, entourés d'emballages vides. La lampe de chevet est allumée, aucune lumière ne perce à travers les rideaux. Il doit être encore tôt.

J'attrape la télécommande pour éteindre la télé. J'ai une furieuse envie d'aller aux toilettes. Ammy doit avoir le sommeil léger car ses yeux s'ouvrent quand je me lève.

— Quelle heure est-il ? demande-t-elle.

— Cinq heures du matin. Rendors-toi.

Elle sourit, ensommeillée.

— C'est bizarre de se réveiller à tes côtés.

— Mais agréable ?

Elle hoche la tête. Je l'embrasse, puis file à la salle de bains.

Sous la lumière du néon, mon visage est blême et mes yeux sont rouges. Probablement à cause du couvre-lit poussiéreux que les motels ne lavent jamais, si l'on en croit les rumeurs.

Un souvenir remonte à la surface ; les mots prononcés par Ammy juste avant notre premier baiser : « C'est sûrement Kat. »

Impossible. La coïncidence serait trop incroyable. Trop étrange. Ma grand-mère répète toujours que le monde est petit, mais elle passe son temps à ignorer les preuves du contraire. En revanche, il suffit que sa voisine dans le New Jersey se révèle être mon ancienne prof de maternelle, et voilà. Le monde est petit.

Sauf que non. Il ne l'est pas. Certes, nous allons tous les deux au même endroit et nous avons le même âge. Mais c'était un grand train. C'est impossible.

Je finis de me sécher les mains et, en ouvrant la porte, je décide de ne plus y penser.

L'idée est tout bonnement absurde.

AMMY

5 h 03

Je m'étire sur le lit, me prélassant sur le matelas dur comme de la pierre et les draps rêches, complètement détendue. Je porte mes doigts à mes lèvres, j'ai l'impression de sortir d'un rêve. Mais non. C'est vraiment arrivé. Et tant pis pour mon vœu stupide ou mes idées préconçues sur les histoires d'amour. Je me sens bien.

J'essaye d'imaginer comment la matinée va se passer. Nous allons enfin arriver à notre destination, aux antipodes de là d'où nous venons. Et pas seulement géographiquement parlant. Combien de temps nous reste-t-il ? Voudra-t-il me revoir ?

Quand la porte s'ouvre, le sourire sur ses lèvres répond à ma question. Noah traverse la chambre en trois enjambées, saute sur le lit et m'embrasse.

Je l'arrête d'une main.

— Tu aurais un bonbon à la menthe ? J'ai mauvaise haleine.

— Ça m'est égal, répond-il avec un sourire.

— Pas moi !

— J'ai des pastilles dans mon sac, dit-il en désignant sa sacoche par terre.

Je me penche sans prendre la peine de me lever et Noah me donne une petite tape sur les fesses.

— Dépêche !

— Relax…

D'une main, je m'appuie par terre et, de l'autre, j'ouvre la fermeture Éclair. Mais lorsque je jette un œil à l'intérieur de la poche, j'oublie les pastilles, j'oublie de respirer, j'oublie tout.

Au milieu des tickets de caisse et des feuilles pliées, mes yeux tombent sur quelque chose… d'impossible.

De choquant.

Mon cœur s'emballe ; je ferme les yeux pour effacer cette vision, mais en vain. Elle est toujours là.

J'attrape les photos et les regarde fixement.

— Quoi ? demande Noah. Qu'est-ce qu'il y a ?

C'est elle. Sous mes yeux. Sur papier glacé, un boa en plumes roses autour du cou et un haut-de-forme sur la tête. En train de rire. Avec lui.

Est-ce une mauvaise blague ? Mes mains se mettent à trembler. Je me retourne lentement, la pièce semble danser autour de moi, comme si le monde avait basculé en une milliseconde.

Je suis à deux doigts de vomir ou de m'évanouir, puis quand je le vois, tout ça disparaît. À la place, j'ai envie de hurler.

Son sourire s'efface dès qu'il aperçoit mon visage.

— Qu'est-ce qu'il y a ? Tu vas bien ?

Ses yeux se posent sur les photomatons dans ma main.

Et je sais qu'il sait.

NOAH

5 h 08

— Tu te fous de moi ? me demande Ammy, furieuse.

Son visage est écarlate et elle me toise de toute sa hauteur. Je me sens tout petit, impuissant, comme chaque fois que Rina m'ordonnait de faire ci ou ça.

Mais là, ce n'est pas pareil. Je le sais. Cette fois, Ammy a raison. Je me lève, la peur envahit mon corps tout entier.

— Qu'est-ce qu'il y a ? je l'interroge.

Je connais déjà la réponse.

Elle avance d'un pas et hausse le ton.

— Tu te fous de moi ? répète-t-elle, la main serrée sur les photos.

Ses yeux s'emplissent de larmes. *Et merde.*

— Non, dis-je en secouant la tête et en contournant le lit pour m'approcher d'elle.

Je veux la serrer dans mes bras, lui dire que c'était juste une erreur, mais elle recule.

— J'aurais dû le savoir, marmonne-t-elle. J'aurais dû me douter que ça se terminerait mal.

Soudain, cette chambre d'hôtel, notre petit refuge, semble se transformer en prison.

— Tu es, quoi, taré ? Sadique ? Je ne comprends pas.

Je pose une main sur son épaule.

— Laisse-moi t'expliquer, je t'en supplie.

Ma voix se brise.

Elle se dégage et me met les photos sous le nez. Je n'ai pas besoin de les regarder pour les reconnaître.

Rina m'a envoyé un dernier message après notre rupture :

Cassie m'a dit pour la cousine de Bryson. Je t'ai bloqué partout. Ne m'adresse plus jamais la parole.

Elle a ensuite mis sa menace à exécution. Je n'avais plus accès à son compte Facebook, ni Instagram, ni Snapchat, ni Twitter. Elle a supprimé toutes nos photos, tous nos souvenirs.

Mais le pire, c'est quand je me suis aperçu que tous les vestiges de notre couple avaient aussi disparu sur mes propres comptes. Elle connaissait mon mot de passe, bien sûr : rinarina0301. Son surnom et la date anniversaire de notre premier rendez-vous. Elle avait réussi à supprimer chaque photo, chaque statut, tout ce que nous avions partagé. Elle nous avait effacés.

Quand je l'ai raconté à Bryson, il m'a dit que c'était la preuve de son côté vindicatif et que j'étais mieux sans elle. Mais c'était surtout la preuve qu'elle était blessée et que je n'aurais jamais dû laisser la situation s'envenimer au point de rompre avec elle comme je l'avais fait.

Au fond, c'est peut-être pour ça que je suis là. Je sais qu'elle n'acceptera jamais qu'on se remette ensemble. Ce serait une mauvaise idée, de toute façon.

Peut-être que j'avais juste besoin de m'excuser, de lui dire à quel point elle avait compté pour moi.

Je pose les yeux sur les photos dans la main d'Ammy. Elles ont été prises aux quarante-cinq ans de mon père. Ma mère et lui avaient loué un photomaton.

Deux semaines après notre rupture, j'ai fait tomber mon téléphone dans les toilettes, et comme je n'ai jamais été doué pour les sauvegardes, ces photos sont tout ce qu'il me reste de notre histoire.

Ammy semble lire ma confusion sur mon visage.

— Alors tu savais ?

Je fais « non » de la tête. Cinq minutes plus tôt, je pensais encore que c'était impossible.

— Non. Je n'en avais pas la moindre idée. Juré.

C'est la vérité. Comment pouvais-je savoir que le monde était vraiment si petit ? Même après tous ces indices, les chaussettes, sa belle-mère prof de yoga, sa demi-sœur du nom de Kat… comment étais-je censé savoir qu'elle parlait de *ma* Katrina ? Honnêtement ? Kat est généralement le diminutif de Katherine. Et Hudson regorge de profs de yoga !

Ammy jette les photos à terre. Le visage de Rina nous fait face, souriant. Les yeux d'Ammy brûlent de colère.

— Calme-toi, je reprends. Je ne savais pas.

— Ne me dis pas de me calmer ! À moins que ce soit ta cousine ou je ne sais quoi, j'ai toutes les raisons du monde d'être furieuse.

— Ammy…

Elle secoue la tête et recule comme si j'avais la peste ou le choléra. Ou les deux.

— Non ! Dis-le-moi. Qu'est-ce que tu fabriquais avec ma demi-sœur ? Je veux savoir.

J'inspire profondément. Je ne veux pas le dire, mais je n'ai pas le choix. J'ai moi-même du mal à y croire.

— C'est mon ex.

AMMY

5 h 12

Je me laisse tomber sur mon lit en fusillant Noah du regard. La nausée a laissé place à une colère bouillonnante. Il s'assied sur l'autre lit, tête baissée.

Je savais que Kat avait un ex, mais elle ne voulait jamais en parler et je ne voulais pas insister. Nous n'étions pas assez proches pour ça.

— Vous avez rompu quand ?

— Avant les grandes vacances, répond Noah.

— Mais à quelle date ?

— Le 11 juin. Pourquoi ?

— Mon père a déménagé à Hudson fin juin. Tu lui as brisé le cœur juste avant que cette histoire ne lui tombe dessus. Tu le savais, au moins ?

Il secoue la tête.

— J'ai suivi un programme d'été avant la reprise des cours, je n'étais presque jamais en ville.

— Tu n'as rien vu sur Facebook ?

— Elle m'a bloqué. Et tous ses autres comptes étaient en mode privé.

Il ne ment pas. Contrairement à Béa, Kat ne partage rien en public. J'ai trouvé ça étrange, au début, pour une actrice en herbe, mais Kat est unique. Quoi qu'elle fasse, ça paraît toujours cool.

— Et en août, tu étais de retour à Hudson ?

— Les premières semaines, oui. Pourquoi ?

C'est dingue de penser que nous y étions au même moment. Nous aurions pu nous croiser n'importe où ; Kat m'aurait alors glissé « C'est mon ex, un vrai fumier », et quand je l'aurais vu approcher dans le train, je lui aurais dit « Désolée, ce siège est déjà pris », avant d'envoyer un texto à Kat : *Tu ne croiras jamais qui je viens de voir dans le train…*

Sauf que rien de tout ça n'est arrivé. Et voilà où nous en sommes à présent.

Je sais qu'il aurait mieux valu pour Kat, pour tout le monde, que ça ne se passe pas ainsi. Mais au fond, égoïstement, je suis contente d'avoir au moins eu la journée d'hier.

Aussitôt, je me sens mal.

— Tu savais hier soir ? je lui demande, soudain épuisée.

Je n'ai même plus la force de crier.

Il se lève et fait mine d'approcher, mais je refuse d'un signe de tête. Il se rassied.

— Je ne savais pas jusqu'à ce que je te voie tenir la photo.

— C'est ça. Alors pourquoi tu as l'air mille fois moins choqué que moi ?

Noah baisse les yeux et agrippe ses genoux si fort que ses articulations virent au blanc. Dans un autre monde, je l'aurais aidé, j'aurais tenté d'atténuer sa tristesse. D'ailleurs, je donnerais n'importe quoi pour rembobiner le film, revenir au monde d'hier soir. Au monde d'avant le départ de mon père. Ou à celui d'avant Thanksgiving. Bref, n'importe quel monde qui soit plus simple que celui-ci. Me voilà dans un motel minable avec un garçon qui me plaît. Un garçon qui m'est désormais interdit.

— Comment voulais-tu que je sache ? dit-il d'une voix navrée. Et toi, pourquoi n'as-tu pas fait le rapprochement ? Elle ne t'a jamais dit mon nom ? On n'avait rompu que deux mois avant ta visite.

— Elle m'a juste dit qu'elle avait un ex et ne voulait pas en parler. Peut-être qu'elle s'est confiée à Béa, mais pas à moi.

Vu l'expression sur son visage, je sais qu'il espérait que, même si elle ne lui adressait plus la parole, elle parlait encore de lui. Le coup est rude. Je secoue la tête pour ne pas céder à la compassion.

— Tu m'as regardée bizarrement hier soir quand j'ai prononcé son nom, je poursuis. Tu savais. Et tu m'as embrassée quand même !

— Je croyais que c'était une coïncidence.

— Vraiment ?

— Il y avait deux autres Kat rien que dans ma promo. Tu ne m'as même pas dit son âge.

— Et tu en connais combien dont la mère est prof de yoga, hein ?

— Coïncidence, répète-t-il. Et même si, l'espace d'une seconde, j'ai envisagé le contraire, je voulais que ça en soit une. Et je ne regrette rien. Même maintenant.

— Eh bien, moi si.

Son visage se décompose. Puis une autre question me vient à l'esprit.

— Et pourquoi est-ce que tu l'appelais Rina, de toute façon ?

NOAH

5 h 16

Ammy attend ma réponse.

— C'est un surnom. J'étais le seul à l'appeler comme ça.

Elle soupire.

— Je ne savais pas, je te jure, je poursuis. Il faut que tu me croies.

— Mais tu t'en doutais un peu. Je l'ai vu dans tes yeux. Et tu m'as embrassée quand même.

L'espace entre nos deux lits est comme un gouffre qui nous sépare.

— Parce que j'en avais envie. Pas toi ?

— Comme tu avais envie de rompre avec Kat sans aucune raison ? Et comme tu avais envie de coucher avec une autre fille trois jours plus tard ?

Mon cœur se serre. Elle a raison. Bon sang. Mais elle oublie quelque chose.

— Tu as dit que tu ne comprenais même pas pourquoi je voulais me remettre avec elle, je lui lance.

— C'était avant que je sache que c'était Kat, réplique-t-elle en croisant les bras.

— Qu'est-ce que tu veux que je te dise ?

— Rien.

Elle s'allonge sur le lit et fixe le plafond d'un regard vide. Elle semble épuisée.

— Tu devrais peut-être essayer de te rendormir, je lui conseille doucement. Il est trop tôt pour repartir. Il ne fait pas encore jour.

Sans répondre, elle éteint la lampe de chevet, attrape sa couverture et me tourne le dos.

Je fixe le plafond à mon tour pendant quelques minutes, avant de me lever pour retirer mon jean. Au passage, j'écrase un sachet de Cheetos qui se froisse bruyamment sous mon pied.

— Désolé, je souffle.

Elle ne dit rien. Je m'en veux de lui avoir raconté cette stupide anecdote hier soir. Et d'avoir, je ne sais comment, craqué pour la seule fille au monde qui m'est inaccessible.

Que se serait-il passé si je ne lui avais pas proposé ces pastilles à la menthe ? Combien de temps aurions-nous eu encore pour nous ?

L'aurais-je embrassée toute la matinée ? L'aurais-je suppliée de me donner son numéro et de me revoir cette semaine ? Mon cœur se serait-il emballé en arrivant à Cortland Road, la rue de Rina ? Aurais-je alors continué à croire à une coïncidence jusqu'à ce que mon ex ouvre la porte d'entrée ?

Oui et oui. Assurément, oui.

Si seulement je pouvais réécrire l'histoire.

Dans quelques heures, il me faudra déposer Ammy à quelques rues de chez Rina pour que personne ne me voie, lui dire que j'ai été ravi de la rencontrer mais que nous devons en rester là, lui demander de ne pas en parler à Rina pour ne pas la blesser davantage.

Mais en même temps… Je veux continuer d'embrasser Ammy, lui montrer le campus de ma fac, regarder des navets à la télé avec elle, l'emmener dans mon café préféré à Williamsburg pour le petit déjeuner et savoir comment elle aime les œufs. Et je veux découvrir son monde à elle, aller en Virginie, rencontrer sa mère, ses amies. Je veux lui demander pourquoi elle ne joue plus au lacrosse.

Je veux lui dire que toute cette histoire n'a pas d'importance, que nous allons nous en sortir.

— Ammy.

Aussitôt, je l'entends retenir son souffle. Elle ne dort pas.

— Ammy.

Rien. Sa respiration reprend. Elle ne dit pas un mot.

AMMY

5 h 31

— Ammy ? répète-t-il pour la troisième fois.

Évidemment, je ne dors pas encore, ça ne fait que dix minutes que je me suis recouchée, mais je suis épuisée.

J'ai baissé ma garde, enfreint mes propres règles, et voilà le résultat : j'ai trahi ma nouvelle sœur. Même si ce n'était pas délibéré, même s'il paraît qu'en amour comme à la guerre, tous les coups sont permis… Ça ne change rien. Si elle l'apprend, elle sera dévastée.

Mon amitié avec Kat est le seul point positif de la trahison de mon père. Les dix jours que nous avons passés ensemble ont beaucoup compté pour moi. J'ai toujours dit que Dara et Simone étaient comme des sœurs pour moi, mais avec Kat, c'était différent.

Le deuxième soir après mon arrivée, alors que j'étais sur le point de m'endormir, Kat a toqué à ma porte. Elle s'est plainte des ronflements de Béa – elles partageaient une chambre pour la semaine afin que j'aie la mienne – et m'a demandé si elle pouvait dormir avec moi.

— Ça te dit qu'on se fasse un marathon *Friends* ? a-t-elle ensuite proposé.

En réalité, je déteste cette série, mais je n'ai rien dit. Elle s'est glissée à côté de moi dans le lit et j'ai posé mon ordinateur portable entre nous deux. À la regarder rire aux éclats, les personnages en sont devenus un peu moins énervants et nous ne nous sommes endormies qu'après quatre épisodes, à deux heures du matin.

Nous ne sommes pas les meilleures amies du monde, nous ne partageons pas tout. Mais après mon départ, nous sommes restées en contact. Nous échangions des messages ridicules en nous plaignant de nos parents. Normal. Elle n'était pas ma sœur, mais j'avais le sentiment qu'elle pouvait le devenir.

Et j'ai tout gâché.

L'espace d'une seconde, je me rappelle pourtant ce que j'ai ressenti en embrassant Noah, le côté addictif et intense de sa peau contre la mienne. Je sens encore mes mains dans ses cheveux et ce souvenir a l'effet d'une décharge électrique. Le bout de mes doigts se met à me picoter et mon estomac se noue.

J'écoute sa respiration – il ne dort pas non plus – et je n'ai qu'une envie : me glisser dans son lit, me serrer contre lui, l'embrasser, enlever mes vêtements, sentir sa peau sous son maillot de foot. Ne pas m'arrêter tant que nous ne faisons pas un.

Je ne peux m'empêcher de penser que c'est injuste. Kat a déjà eu sa chance et, clairement, leur relation n'était pas terrible. C'est à mon tour à présent.

Après tout, personne d'autre ne voit d'inconvénient à blesser autrui. Alors pourquoi pas moi ?

Je secoue vigoureusement la tête et tire ma couverture le plus haut possible, en guise de barrière. Je me concentre sur le bruissement du vent, le silence autour de nous.

— Ammy, répète-t-il d'une voix déchirée.

Mais je ne peux pas.

Si je cède, qui sait ce qui va se passer ?

Je risque de la trahir pour de bon.

TROISIÈME PARTIE
LE RETOUR

NOAH

7 h 02

La lumière du jour perce à travers la fenêtre. Je n'ai pas réussi à me rendormir. Frustré, je repose ma liseuse et me tourne vers Ammy.

Elle est allongée sur le côté, face à moi, recroquevillée sur elle-même. Une de ses mains est glissée sous son oreiller, l'autre jetée au-dessus de sa tête, comme une poupée qui aurait atterri bizarrement. Si j'en juge par ses légers ronflements, elle s'est assoupie vers six heures.

Autant que je me rende à l'évidence, je ne vais pas retrouver le sommeil. Je repousse mes draps et me lève. Mon portable est presque à plat et le sien s'est éteint. Aucun de nous n'a pensé à les brancher hier soir. Je fouille dans mon sac à la recherche de mes deux chargeurs, afin de remédier à la situation.

Puis je consulte la carte sur le mien. Encore quatre-vingt-dix kilomètres jusqu'à Hudson, soit une heure de trajet si les routes ont été dégagées.

J'attrape mon manteau et traverse la pièce. Tant pis pour mes chaussures, je n'ai pas envie de prendre la peine de les enfiler. Je tourne la poignée et la lumière traverse la pièce. Pour ne pas réveiller Ammy, je sors aussitôt en clignant des yeux, tentant d'ignorer le béton glacial de la coursive sous mes pieds nus. Je repousse la porte sans la refermer complètement. La clé est quelque part dans mon portefeuille, lui-même dans mon jean que j'ai laissé dans la salle de bains. Je ne veux pas y retourner et prendre le risque de faire du bruit.

Je jette un regard par-dessus la rambarde. Je ne vois pas l'autoroute d'ici, il y a trop d'arbres, mais j'aperçois la route par laquelle nous sommes arrivés. Elle semble bien plus praticable à présent. Des congères bordent les bas-côtés, mais il ne neige plus. La tempête est enfin terminée.

Ces quatre-vingt-dix derniers kilomètres ne devraient pas être si difficiles, ce qui est à la fois réconfortant et terrifiant. Je ne veux pas que ce voyage se termine.

Je sautille d'un pied sur l'autre pour combattre le froid. Alors que je m'apprête à retourner dans la chambre, une bourrasque se fait sentir et…

Clic.

Je fais volte-face. Et mince ! Je tourne frénétiquement la poignée. Sans succès. La porte est bloquée. Je ne peux même pas tenter de l'ouvrir avec ma carte bleue puisque je ne porte qu'un short, un tee-shirt en coton qui me paraît de plus en plus fin et une veste aux poches désespérément vides.

Le rideau laisse entrevoir la chambre. Ammy dort encore. Je lève la main pour toquer à la fenêtre, avant de me raviser. Je sais qu'elle est épuisée. Après tout ce que nous avons traversé, le moins que je puisse faire est de la laisser dormir.

Je passe la porte coulissante en verre menant au hall d'entrée. Mes pieds sont gelés après avoir arpenté la coursive, descendu l'escalier, puis longé le trottoir jusqu'ici. Une odeur de pancakes et de bacon m'accueille. Mon estomac gargouille.

J'avance jusqu'à la réception, affichant mon plus beau sourire. « Habillez-vous tel que vous voulez être perçus », nous a dit notre prof d'art oratoire au semestre dernier. Là, c'est raté, mais je vais faire de mon mieux.

— Bonjour, dis-je à la femme derrière le comptoir.

— Vous avez oublié quelque chose ? demande-t-elle en désignant mes pieds du menton. Vous savez, nous ne sommes pas censés servir les clients sans chaussures.

Je meurs d'envie de lui répondre que je n'en attendais pas moins d'un établissement aussi raffiné, mais je me retiens.

— Excusez-moi… (Je jette un coup d'œil à l'étiquette accrochée à son polo.) Angela. Je me suis enfermé à l'extérieur de ma chambre et je me demandais s'il était possible d'avoir une autre clé ?

Elle me regarde, l'air de se demander ce que je fabriquais dehors pieds nus, puis commence à taper sur son ordinateur.

— Numéro de chambre ?

— Deux cent un.

— Il semblerait que vous ayez déjà reçu vos deux clés gratuites. Une copie coûte cinq dollars.

— D'accord.

Par réflexe, je glisse la main dans ma poche. Zut !

— Je n'ai pas mon portefeuille sur moi. Il est resté dans ma chambre. Est-ce que vous pouvez l'ajouter à la note de la chambre ?

Elle hoche la tête.

— Il me faut juste une pièce d'identité.

Je soupire bruyamment.

— Je n'ai pas de pièce d'identité. Tout est dans mon portefeuille, dans ma chambre !

J'entends ma voix s'échauffer, mais j'essaye de me calmer.

— Je suis désolée, monsieur. Et il est inutile de prendre ce ton.

— Est-ce que vous pourriez faire une exception ? Je peux redescendre immédiatement avec les cinq dollars, promis. Vous n'imaginez même pas la journée que j'ai passée hier. Je suis désespéré.

Je suis à deux doigts d'éclater en sanglots, mais je m'en moque. La dame me toise, indifférente.

— Je vous en supplie.

AMMY

7 h 18

JE VOIS UNE NOTIFICATION SUR MON PORTABLE dès que je me réveille. Noah a dû le brancher.

Je me tourne vers son lit. Vide. Et la porte de la salle de bains est ouverte. Il est probablement descendu chercher un café ou autre chose.

J'attrape mon téléphone. Il est sept heures et quart. J'ai deux messages de Kat. Je les ouvre avec appréhension, comme si l'écran était un miroir sans tain et qu'elle allait aussitôt découvrir ce que nous avions fait.

Ils datent tous les deux d'hier soir, vers minuit.

La fac d'Hunter ? Dingue ! Fais gaffe, mon crétin d'ex y va.

Puis cinq minutes plus tard :

Mais tu me dis s'il se passe quelque chose ! Je veux TOUT savoir !

Mon cœur se serre. Je me sens sale. Qu'est-ce que je vais bien pouvoir lui dire ? Moi qui déteste les mensonges, je vais devoir cacher la vérité à Kat.

J'imagine déjà la conversation : elle ouvrira la porte, me serrera dans ses bras, puis m'entraînera dans sa chambre et exigera de connaître tous les détails de ma nuit avec un inconnu. Et je devrai me défiler : « Oh ! il ne s'est rien passé. On s'est juste retrouvés coincés ensemble, c'est tout. Mais raconte-moi le mariage ! Qu'est-ce que j'ai raté ? »

Ça sonnera aussi faux que le pseudo-mariage de mon père et Sophie, mais elle me croira parce que Kat est comme ça. Loyale. Et je sais qu'elle me fait confiance.

Je devrais probablement lui dire à quelle heure j'arrive, mais il faut d'abord que je trouve Noah. Je me lave rapidement les dents, puis j'enfile mes baskets (enfin sèches). Je ne prends pas la peine de me changer, je veux juste partir d'ici le plus vite possible. Après avoir attrapé ma clé sur ma table de nuit, je me dirige vers la porte.

Quand je l'ouvre, je tombe sur Noah, pieds nus, sans pantalon, tremblant de froid. Ses yeux sont bouffis comme s'il venait de pleurer.

— Que t'est-il arrivé ?

NOAH

7 h 22

Mon aventure des quinze dernières minutes a été un échec total. J'avance d'un pas et Ammy s'efface pour me laisser entrer.

Le soulagement m'envahit dès que je pose le pied sur la moquette miteuse. Je m'écroule sur le lit et enroule mes jambes dans la couverture pour me réchauffer.

— Ça va ? demande Ammy. Tu as une mine affreuse.

Avec un petit rire, je brandis le morceau de plastique blanc qui m'a causé tant de problèmes.

— J'avais oublié ma clé.

— Pourquoi tu es sorti sans chaussures ?

Je hausse les épaules et baisse les yeux, gêné.

— Je voulais juste voir si la route était encore enneigée. J'avais laissé la porte entrouverte mais le vent l'a refermée. J'ai dû descendre à la réception, mais il fallait payer pour avoir une clé supplémentaire et je n'avais ni argent ni pièce d'identité. Avec mon allure débraillée, la femme à la réception n'était pas très chaude pour me dépanner. Du coup, j'ai fait le tour du réfectoire pour demander de l'aide, jusqu'à ce qu'un type me prenne en pitié et me donne cinq dollars. (Je soupire.) Donc maintenant, on a trois cartes pour la porte.

Je lève la tête. Ses lèvres sont pincées. Je suis sûr que toute cette histoire n'a fait que l'énerver davantage. Mais elle éclate de rire.

— Je sais, c'est pathétique, je confirme. (Je balaye la pièce d'un revers de main.) Tout ça est pathétique !

— Non. C'est juste que… Pourquoi tu n'as pas toqué à la fenêtre ? Je t'aurais laissé entrer. Je ne suis pas un monstre.

— Je ne voulais pas te réveiller. Tu avais besoin de sommeil.

Elle rit de nouveau, puis son regard se fait pensif.

— C'est adorable.

Un instant, je me dis que tout va s'arranger, mais elle détourne les yeux. Au moins, mes pieds ne sont plus deux blocs de glace. C'est déjà ça.

— Noah.

Je lève aussitôt la tête, empli d'espoir.

— Euh… tu veux aller prendre le petit déjeuner ?

Ce n'est pas ce que je voulais entendre, mais je m'en contente.

— Oui. Allons-y.

AMMY

7 h 28

L'ODEUR DE PANCAKES ME SUBMERGE dès que je passe la porte. La femme à la réception regarde Noah des pieds à la tête.

— Je vois que vous avez choisi de porter des chaussures cette fois, déclare-t-elle d'une voix légèrement dédaigneuse.

— Oui, répond Noah avec un sourire penaud.

— Viens. Ignore-la, je lui conseille.

Des plateaux sont empilés sur une table. Des fruits pas si frais posés dans un panier. Des succédanés de crème à côté de la cafetière. Un gaufrier dans un coin. Rien à voir avec le petit déjeuner de l'hôtel Sheraton à Asheville, mais ce n'est pas si mal. J'attrape une assiette.

Noah, lui, ignore le buffet et se dirige droit vers une table à l'autre bout de la pièce en sortant un billet de sa poche qu'il tend à un homme d'âge mûr. J'entends ses excuses gênées. *Le pauvre*, me dis-je.

Sauf que non, Noah n'est pas à plaindre. Il est tout bonnement irréfléchi, avec Kat, avec ses voyages en train, avec moi. Pas étonnant qu'il soit sorti en plein hiver sans même prendre la clé de la chambre.

Cependant, Noah ne pense pas à mal, me glisse le petit diable sur mon épaule. Il n'a suggéré qu'on descende du train que parce qu'il voyait à quel point j'étais inquiète. Il n'a rompu avec Kat que parce qu'il savait que ça n'allait pas. Il ne m'a embrassée que parce qu'il ressentait exactement la même chose que moi et trouvait qu'il y avait quelque chose de spécial entre nous.

Dans mon cours d'anglais renforcé cette année, Mme Everett nous a fait lire *Le Banquet* de Platon. Elle nous a expliqué que le terme « platonique » n'était pas utilisé à bon escient. Une relation platonique consiste en réalité à trouver sa seconde moitié. Platon pensait que chaque être naissait inachevé et devait trouver la personne qui le compléterait.

J'ai trouvé cela fascinant. D'abord, le fait que tout le monde utilise le terme de manière erronée, mais aussi que quelqu'un d'aussi intelligent que Platon ait souscrit à une théorie aussi niaise. Deux moitiés qui se cherchent toute leur vie pour former un tout ? N'importe quoi. Ces idées chimériques sont probablement responsables de tous les malheurs du monde : le départ de mon père ou Sophie qui ne voit aucun mal à briser une famille juste parce qu'elle a rencontré un type mignon en randonnée.

La plupart du temps, l'amour n'est pas la réponse. Du moins, pas l'amour romantique.

Et pourtant…

Quand Noah et moi nous sommes embrassés pendant des heures hier soir, j'y ai pensé. L'amour platonique. Et je me suis dit : qui sait ? Peut-être que Platon n'avait pas complètement tort, finalement.

NOAH

7 h 37

Ammy nous prépare des gaufres, pendant que je fais le plein d'œufs, de bacon, de quartiers d'orange, auxquels j'ajoute un muffin et un bol de céréales.

Je choisis un siège le plus loin possible de l'homme qui m'a prêté l'argent, puis je m'attaque à mes céréales.

Au bout de quelques minutes, Ammy me rejoint et dépose une gaufre brûlante dans mon assiette.

Elle essaye de mordre dans la sienne mais la repose aussitôt.

— Trop chaud, marmonne-t-elle.

— Tu veux des œufs à la place ? je lui propose.

— Non merci, répond-elle en avalant une gorgée de café.

Elle semble perdue dans ses pensées.

— J'ai une question pour toi, dit-elle soudain.

J'avale une cuillerée de céréales. Plus rien ne va entre nous depuis ce matin.

— Laquelle ?

Elle me fixe pendant une seconde, comme si elle n'était pas sûre de vouloir se lancer. Enfin, elle ouvre la bouche.

— Qu'est-ce que tu penses des relations platoniques ?

Je pose ma cuillère. Hausse un sourcil.

D'un côté, il se peut qu'elle fasse allusion au fait qu'il ne se passera jamais rien entre nous ; c'est l'acception la plus répandue du terme « platonique ».

Mais de l'autre… elle lit Murakami, elle sait que j'étudie la littérature comparée. Elle est exactement le genre à connaître la théorie de Platon.

Je sirote mon café pour gagner du temps en me demandant ce qu'elle veut m'entendre dire. Trente minutes plus tôt, j'espérais juste arriver à destination sans nouvelle dispute.

À présent ?

Entre son regard affectueux dans la chambre et son étrange question… je ne sais pas.

Je repose ma tasse.

— Je pense qu'elles existent vraiment, surtout quand tu rencontres la bonne personne, quelqu'un avec qui le courant passe, et tu le sais tout de suite…

Je vois à son regard qu'elle connaît effectivement la théorie de Platon. Elle hésite, comme si elle se tenait au bord d'un précipice mental.

Au bout de plusieurs secondes, elle détourne les yeux et coupe sa gaufre avec violence.

— Tu as assez à manger ? demande-t-elle sans lever la tête.

Je suis un peu surpris par le changement abrupt de sujet, mais je souris.

— Je suis du genre à manger quand je suis nerveux.

— Pourquoi tu serais nerveux ? réplique-t-elle en me regardant cette fois droit dans les yeux.

Elle reprend, sans attendre :

— Sans rire, il nous reste, quoi ? deux heures ensemble, maximum. Et ensuite, on ne se reverra plus jamais. Aucun de nous ne dira rien à Kat. Alors pourquoi es-tu nerveux ?

Mon visage se décompose et j'avale une énorme cuillerée de céréales. Puis une autre. Et encore une autre.

— Tu ne croyais quand même pas que, sous prétexte que je me suis sentie mal de t'avoir laissé dehors dans le froid, j'allais soudain accepter de trahir Kat ?

Je secoue la tête.

— Ou que sous prétexte que tu as lu *Le Banquet* de Platon, j'allais vouloir sortir avec toi en secret ? Oublier à quel point cette idée est épouvantable ?

Bien sûr que non.

Enfin…

— Je…

Ammy repousse sa chaise.

— Tu sais quoi ? Je n'ai plus faim.

Je me lève pour la suivre, mais elle fait volte-face et me fusille du regard.

— Ne me suis pas. On n'est pas dans un film. Ce n'est pas mignon.

Puis elle quitte la pièce à grands pas et je me retrouve seul devant mon assiette débordante de nourriture, à tenter d'ignorer les regards apitoyés des autres clients.

J'avale une nouvelle cuillerée de céréales, mais elles sont déjà toutes ramollies.

AMMY

7 h 52

NOAH N'A PAS ESSAYÉ DE ME SUIVRE. Vu le regard que je lui ai lancé, je ne suis pas étonnée. Je suppose qu'il a pris une clé de la chambre et qu'il ne va pas encore se retrouver enfermé dehors. Au moins, il a des chaussures.

Une fois arrivée devant la chambre, je glisse la carte dans la fente, mais trop vite. Je réessaye. Encore. Et encore. Je tape du pied. Heureusement, personne n'est là pour me voir piquer une colère comme une gamine. Je recommence, plus lentement. Mes yeux se brouillent. Mais après une attente qui semble durer une éternité, la petite diode passe au vert.

La chambre est en bordel. Dès que j'entre, je revois en un flash la soirée d'hier. Noah allongé sur moi. Le poids de son corps. Ses lèvres.

Je pose ma valise sur le lit. À l'intérieur, un fouillis de livres, de vêtements, mes chaussettes sales, mon ticket de train, un sachet de Skittles vide et les cartes à jouer que Noah a balancées du lit hier.

Je commence par les cartes. Voir ses affaires mélangées aux miennes me perturbe. Me rappelle que nos vies étaient déjà entremêlées avant même qu'il ne s'asseye sur le siège d'à côté. La pire des coïncidences m'a volé la seule chose qui m'ait rendue heureuse depuis longtemps.

Je ramasse les cartes une par une, tentant de mettre de l'ordre dans mes pensées. Je n'aurais jamais dû poser cette question idiote à Noah. Sa réponse m'a rendue furieuse.

Furieuse, parce qu'il a dit ce qu'il fallait. Ce que je rêvais d'entendre. Et parce que j'avais peur de faire quelque chose de stupide. Malgré toutes mes bonnes intentions, j'ai été tentée d'agir comme mon père, d'envoyer tout valser, famille, loyauté… pour quelques papillons dans le ventre.

Après avoir terminé de ranger ma valise, je me dirige vers la salle de bains pour récupérer ma trousse de toilette. Je m'observe dans le miroir. Je ne suis pas maquillée, mes yeux sont cernés, mes cheveux en pétard. Je ne les ai pas lissés, si bien qu'ils commencent à friser, à retrouver leur état naturel. En temps normal, jamais je n'oserais me montrer comme ça devant un mec mignon.

J'entends la porte s'ouvrir. Ça doit être lui.

Ça suffit, Ammy ! Reprends-toi.

Je glisse mes cheveux derrière mes oreilles, essuie les traces de mascara sous mes yeux, puis sors de la salle de bains.

Il se tient sur le pas de la porte, l'air gêné.

— Je peux entrer ? demande-t-il.

— Oui, dis-je en tournant aussitôt mon regard vers son sac à dos dans le coin. Tu es prêt à partir ?

— Dans cinq minutes.

— OK. Je vais passer à la réception. On se retrouve en bas.

Je traverse la pièce, balance ma trousse de toilette dans ma valise, puis attrape ma clé et le paquet de cartes.

— Tiens, c'est à toi, dis-je en le lançant sur le lit.

— Merci. Tu as besoin d'aide pour porter tes affaires ?

— Non.

Mon ton est brusque. Quelques secondes plus tard, je suis dehors.

En entendant la porte se refermer derrière moi, j'inspire une grande bouffée d'air frais. J'ai l'impression de laisser tous les mauvais souvenirs derrière moi, comme on abandonne un gant sur une piste de ski ou un livre dans un train. On peut s'en souvenir, les regretter, mais impossible de les retrouver.

Je longe lentement la coursive. Les rayons du soleil sont les bienvenus après la pénombre de la chambre. L'air est agréable, sans la morsure du vent. L'absence de neige dans le ciel, un soulagement.

Je m'arrête en haut de l'escalier. Un instant, je m'autorise à fantasmer. Je m'imagine abandonner mes affaires, repartir en courant vers la chambre, ouvrir la porte à la volée et voir son visage, ses yeux, son corps, tout ce qui fait Noah, sauter dans ses bras et l'embrasser jusqu'à ce qu'on s'écroule sur le lit.

Rien que d'y penser, une bouffée de chaleur m'envahit, contrastant avec le froid ambiant.

Je tourne la tête pour fixer la porte, puis j'attrape ma valise et m'engage dans l'escalier.

NOAH

8 h 06

Nous sortons du parking en silence. Il nous reste une heure de route. Elle devrait arriver chez Rina vers neuf heures quinze.

C'est drôle de penser que même si je ne l'avais pas rencontrée, ma tentative était vouée à l'échec depuis le début. J'avais décidé de déclarer mon amour pour Rina pile le jour où sa mère se remariait.

La neige immaculée d'hier s'est transformée en gadoue sur la route. C'est bien la preuve que les choses les plus belles peuvent se détériorer en un clin d'œil.

Au bout de quelques kilomètres, je n'y tiens plus.

— Un peu de musique peut-être ? je lance. Si ça te va ?

Le contraste avec l'ambiance d'hier est risible. Je voulais être avec Ammy, même si j'essayais de me convaincre du contraire. Nous prenions notre temps, savourions chaque mètre qui nous rapprochait de l'inévitable destination. Je savais ce qui nous attendait quand je l'ai serrée dans mes bras à l'agence de location, quand nous sommes montés en voiture, lorsque nous sommes entrés dans la chambre, quand j'ai fait semblant d'aimer jouer aux cartes pendant je ne sais combien de temps.

— Qu'est-ce que tu veux écouter ? demande-t-elle d'une voix aussi monotone que celle du GPS.

Ni furieuse ni excitée, juste… vide.

— Ce que tu veux, choisis.

— OK.

Elle sort son téléphone de son sac et commence à passer sa playlist en revue.

La voiture est étrangement silencieuse, jusqu'à ce qu'un gargouillement s'élève. Puis un autre.

— C'est ton estomac ? dis-je sans oser rire (je n'en ai plus le droit).

Avec un haussement d'épaules, elle choisit une chanson. Lente, mélancolique. *Très subtil, Ammy,* ai-je envie de dire. J'imagine un monde parallèle dans lequel tout va pour le mieux. Des années plus tard, nous parlerions en riant de notre rencontre dans le train, puis de nos péripéties et, arrivés à l'épisode de ce trajet en voiture, je la taquinerais sur cette chanson.

Puis je glisserais ma main dans la sienne en lui demandant si elle veut un autre verre de vin, et je la laisserais discuter avec les autres professeurs pendant que je me dirigerais vers le bar installé pour la soirée de Noël de la faculté.

Son estomac gargouille de nouveau, me tirant de ma rêverie.

— Tu veux qu'on s'arrête acheter quelque chose ?

— À quoi bon ? répond-elle.

— Il nous reste plus d'une heure, sans compter d'éventuels bouchons. C'est encore les vacances d'hiver pour beaucoup de monde par ici et qui sait combien de personnes sont restées coincées comme nous hier soir ? Si tu veux manger quelque chose, c'est le moment.

— J'aurais dû manger au motel, soupire-t-elle. C'était idiot de ma part, un gâchis d'argent et de nourriture pour la satisfaction de marquer un point.

La route s'ouvre et le soleil illumine la vallée. C'est magnifique. Je devrais savourer ces instants pour me souvenir de cette fois où j'ai été vraiment inspiré par une fille, et que j'ai tenu à elle comme à une partie de moi-même. Je sais que ça ne fait qu'une journée, mais comme dit ma mère : « Quand on sait, on sait. »

— C'était un bon point au moins, dis-je.

— Tu parles.

Je lui jette un regard mais elle m'évite.

— Mais si. Tu n'avais pas tort. Je commençais à m'emballer, à croire que tu allais tout oublier parce que j'avais fait quelque chose qui n'avait rien d'extraordinaire. Je t'avais juste laissée dormir.

Elle croise les bras.

— C'était gentil. Ce n'est pas la question.

— Alors quoi ?

— Tu as beau être gentil, ça ne résout rien, parce qu'elle fait partie de ma famille.

— Je sais.

Devant nous, j'aperçois une aire d'autoroute avec une pancarte au grand M jaune reconnaissable.

— Je vais m'arrêter là. Histoire que tu t'achètes quelque chose à manger.

— Comme tu veux, répond-elle. Ça n'a pas d'importance, de toute façon.

Je ne sais pas si elle parle de nous, mais s'il y a moyen de trouver une solution, je suis bien décidé à faire mon possible pour essayer.

AMMY

8 h 12

Nous nous arrêtons au *drive-in* et une voix étouffée mais puissante s'élève de la boîte noire.

— Bonjour, puis-je prendre votre commande ?

— Un Egg McMuffin et des potatoes, je formule.

Noah relaie ma commande et y ajoute des pancakes.

— Tu as encore faim ? je m'étonne.

Il hausse les épaules.

— Ah ! c'est vrai. Tu es nerveux.

Je regarde par la fenêtre.

— Je suis désolée d'avoir été si désagréable au motel, je confesse.

— Tu ne l'as pas été.

— Je sais bien que si.

Une fille de notre âge nous tend notre commande et Noah avance pour trouver une place où se garer.

Je déballe mon sandwich, puis le contemple. Quelques minutes plus tôt, j'avais une faim de loup, mais à présent, je n'ai plus tellement d'appétit.

Je mords dans une potatoe. Trop grasse, trop salée. Je lève l'énorme hamburger à mes lèvres, puis le repose sans y toucher. Je me tourne vers Noah. Il a déjà tout englouti.

— Je sais que je devrais manger, mais je n'y arrive pas.

— Tu veux que je t'aide ? propose-t-il avec un sourire que je parviens à lui rendre.

— Est-ce que tu peux me répondre sincèrement ? j'articule calmement.

Il ne détourne pas les yeux, n'hésite pas.

— Oui, répond-il.

— Est-ce que tu savais quand tu m'as vue dans le train ?

— Non.

Je le crois.

— Et quand j'ai dit que ma belle-mère était prof de yoga ?

— Je me suis dit, tiens, c'est drôle, la mère de Rina aussi. Mais beaucoup de gens enseignent le yoga à Hudson et à Woodstock, qui est à quarante minutes de là. Ce n'était pas extraordinaire.

— Tu aurais pu me demander son nom de famille.

— Toi aussi, tu aurais pu me demander le nom de Rina. Tu aurais pu demander à voir une photo. J'aurais pu te demander l'adresse exacte où tu te rendais, j'aurais pu prendre ton téléphone et voir que tu écrivais à une fille du nom de Kat. Mais je ne l'ai pas fait. Et toi non plus. Je n'avais aucune raison d'imaginer un tel scénario. Dans ma tête, Rina et toi viviez dans deux mondes différents.

Je baisse la tête, puis la relève.

— Tu as promis d'être honnête, pas vrai ? Quelle que soit ma question ?

Il hoche la tête.

Je prends une profonde inspiration, puis je me lance.

— À quoi tu as pensé quand je t'ai dit que ma demi-sœur s'appelait Kat ?

Il ferme brièvement les yeux. Je vois les traces de culpabilité sur son visage.

— J'espérais que ce soit une coïncidence.

— Mais…

— Mais tout ce qui m'importait vraiment, c'était à quel point j'avais envie de t'embrasser.

Je détourne les yeux, gênée. Blessée. Et excitée, tout à la fois. Parce que malgré tous les obstacles, son attirance pour moi l'a emporté.

Je me tourne vers lui et il me regarde, lèvres entrouvertes, comme s'il avait encore quelque chose à me dire.

— Et maintenant, à quoi tu penses ? je lui demande.

Je ne sais pas ce que j'espère comme réponse. Une chose et son contraire.

— Je pense que tout ce qui m'importe, c'est à quel point j'ai envie de t'embrasser.

À ces mots, je mords enfin dans mon sandwich.

Car je n'ai pas la moindre idée de ce que je dois répondre.

NOAH

8 h 29

Je sors du parking tandis qu'Ammy termine son sandwich.

Ai-je bien fait de lui avouer que j'avais envie de l'embrasser ? Je n'aurais même pas dû le faire en premier lieu, pas alors qu'existait l'infime possibilité qu'elle soit de la même famille que Rina.

Je n'aurais pas non plus dû perdre mon sang-froid face à Rina sans lui avoir jamais dit que son comportement me blessait. Ni embrasser une autre fille trois jours plus tard. Ni faire toutes les choses qui m'ont mené ici.

Je rejoins l'autoroute. La neige a presque entièrement disparu, il reste à peine quelques traces de blanc dans les arbres. Comme si la tempête n'avait jamais eu lieu.

Plus que quatre-vingts kilomètres.

Je jette un coup d'œil à Ammy. Elle a terminé son sandwich et fourre l'emballage en boule dans son sac.

Même sans maquillage, et avec une petite tache de ketchup au coin des lèvres, elle est la plus belle fille que j'aie jamais vue.

— Je suis désolé, dis-je. Pour ce que j'ai dit.

Elle me regarde, mais il n'y a plus de colère dans ses yeux. Elle a simplement une mine… fatiguée.

— Tu n'as pas besoin de t'excuser sans cesse. Ça ne change rien. Et je ne veux pas que tu te sentes coupable.

— Je peux te poser une question ? je demande à mon tour.

Elle opine du chef.

— Et tu promets d'être sincère ? j'insiste.

Elle semble hésiter un instant.

— OK. Vas-y.

J'accélère, faisant vrombir le moteur de la voiture. Et je me rappelle que je suis au volant d'une Mustang, une jolie fille à mes côtés, sur une route magnifique. Si seulement je pouvais la ramener chez moi. Mes parents ne seraient pas là et nous nous embrasserions jusqu'à en avoir mal aux lèvres. Puis nous commanderions une pizza que nous avalerions en regardant *Le Parrain 2* – mon film préféré et le sien aussi, forcément – et, même si la neige recommençait à tomber, nous nous en moquerions parce que nous serions ensemble.

Ammy se racle la gorge.

— Euh, tu avais une question ?

J'hésite une seconde, mais tant pis, je veux être fixé.

— Si je n'étais pas l'ex de Rina, enfin de Kat, est-ce que tu voudrais me revoir ?

— À quoi bon cette question ?

— Je ne sais pas. Si la réponse est non, je me sentirai mieux.

Elle hausse les épaules.

— Je ne sais pas quoi te dire, répond-elle.

— Tu as dit que tu serais sincère.

Elle tourne ses yeux de biche vers moi.

— La réponse ne va pas t'aider à te sentir mieux.

AMMY

9 h 18

KAT M'ENVOIE MESSAGE SUR MESSAGE, et chaque SMS touche une corde sensible.

Tu es en route ? Tu arrives quand ?

Je sais que tu as raté le mariage, mais j'ai trop hâte de te voir !

T'as intérêt à me raconter ta nuit avec ton inconnu, coquine !!!

Je me tourne vers Noah.

— Tu crois qu'on va arriver à quelle heure ?

Il jette un regard au tableau de bord.

— Vers neuf heures quarante-cinq. Il nous reste une quarantaine de kilomètres. Ça ira ?

— Il faut que je prévienne Kat.

Son nom résonne dans l'air entre nous, accusateur.

Noah secoue la tête.

— Je ne la blesserais jamais délibérément, tu sais.

Je me mords la lèvre.

— Moi non plus.

Mais ça ne change rien au fait qu'elle serait blessée de nous savoir ensemble dans cette voiture. Et que je n'ai d'autre choix que de mentir à ma demi-sœur, à mon amie.

J'envoie mon heure d'arrivée à Kat et lui assure que rien ne s'est passé la nuit dernière. Les mensonges ont déjà commencé.

Heureusement, ma mère, elle, n'a pas tenté de me contacter, si bien que je range mon portable pour le moment. Par la fenêtre, le paysage est superbe, le soleil embrase les arbres encore enneigés. On se croirait dans un tableau. Il n'y a pas un panneau publicitaire en vue.

Pendant une minute, je m'autorise à imaginer que Noah est juste un garçon que j'ai rencontré à la fac ou à mon job d'été. C'est notre premier voyage à deux. Nous sommes fébriles à l'idée de passer aux choses sérieuses.

« Quelle belle journée ! » je dirais en lui prenant la main. Il répondrait sûrement quelque chose de mièvre et je lèverais les yeux au ciel. Mais il lui suffirait de me serrer la main pour que je comprenne qu'il est heureux d'être ici, avec moi, et qu'il attend avec impatience de voir ce que nous réserve l'avenir.

Je secoue la tête. Nous ne sommes pas là pour ça. Et faire semblant n'y changera rien.

— Je sais que tu n'as jamais voulu la blesser, dis-je, trouvant enfin le courage de mettre des mots sur ce qui me travaille depuis que j'ai appris la vérité.

— Merci, répond-il avec un petit rire nerveux. Tu ne sembles pas très convaincue.

— J'essaye de trouver les bons mots.

Il sourit.

— C'est ce que j'aime chez toi. Tu prends la peine de trouver les mots qu'il faut.

Je feins d'ignorer cette sensation désormais familière d'être appréciée par quelqu'un qui me plaît vraiment.

— Parfois, même quand on n'en a pas l'intention, on finit par blesser les gens.

Je pense à mon père et, pour la première fois, je ressens un pincement de compassion.

— Je sais, répond Noah. C'est pour ça que c'est si dur pour moi.

— Comment ça ?

Il met son clignotant et se déporte vers la droite derrière un minivan qui ne doit pas rouler à plus de quatre-vingt-dix kilomètres à l'heure, comme s'il avait besoin de ralentir pour avoir cette conversation.

— Blesser les gens. Je déteste ça, confie-t-il.

— Personne n'aime ça, je corrige.

— Je sais, je sais. Je ne dis pas que tu aimes ça, même si tu es plus cynique que moi. Mais je déteste vraiment ça. Je n'aime pas les disputes, la confrontation. Ça me met mal à l'aise. Je crois que c'est pour ça que je n'ai jamais dit à Rina qu'elle me blessait en me rabaissant constamment. J'avais peur qu'elle le prenne mal, alors qu'elle n'était pas une mauvaise petite amie. Pas du tout. C'est peut-être pour ça que je voulais la revoir. Je pensais vouloir la reconquérir, mais maintenant, je crois que je voulais simplement m'excuser. Tout est arrivé si vite que je n'ai pas eu l'occasion de le faire.

Il soupire.

— Elle aurait peut-être accepté qu'on se remette ensemble, c'est le plus flippant. Je l'aurais ratée hier soir à cause du mariage, mais je l'aurais vue aujourd'hui. Et ç'aurait été stupide, parce que je l'aurais blessée encore plus. On ne pourrait plus être heureux ensemble. Qui sait ? On ne l'a peut-être jamais été. Elle mérite d'être avec quelqu'un qu'elle n'aura pas besoin de changer. C'est une bonne chose que je t'aie rencontrée. Au moins, on ne s'infligera pas ça.

Ses mots me transpercent, parce que sa franchise me ravirait dans n'importe quelle autre situation.

— J'aurais préféré que tu t'en rendes compte avec quelqu'un d'autre, je déplore. Quelqu'un que tu aurais rencontré à Hunter ou ailleurs. Pas moi.

— Tu mens, réplique-t-il en secouant la tête.

— Non.

Ça me tue parce qu'il a raison.

Je pense à mon père. A-t-il finalement fait ce qu'il fallait ? Sophie le rend-il plus heureux que ma mère ne le pouvait ? Mes parents se seraient-ils séparés même si elle n'était pas entrée en scène ? Bien sûr, il aurait dû gérer les choses autrement. Mais après tout, je ne l'ai jamais vu aussi heureux. Et sans cela, je ne serais jamais venue ici. Je n'aurais jamais rencontré Noah.

Quand je pense à ma mère, pourtant, je vois les choses d'un tout autre point de vue. Parfois, peu importe qu'on soit individuellement plus heureux à la fin, si les actions ont des conséquences douloureuses pour les autres.

Noah et moi pourrions blesser Kat si facilement. Cette idée me rend malade.

NOAH

9 h 46

Combien de fois ai-je emprunté Cortland Road ? Des centaines ? Des milliers de fois ?

Avec Rina, nous nous sommes embrassés dans ma voiture devant sa maison. Disputés dans le jardin. Et bien d'autres choses.

C'est étrange, perturbant même, de descendre cette rue avec Ammy. Je dépasse la maison que Bryson, Rina et moi avons un jour attaquée à coups d'œufs, avant de la nettoyer aussitôt parce que nous nous sentions trop coupables. Voilà la rue où vivait Jessica, une amie de Rina, avant son déménagement en Floride.

Il y a aussi la maison qui a une piscine de rêve dont les proprios ne sont presque jamais là. Bryson voulait toujours qu'on essaye d'y entrer en douce, mais nous n'osions pas.

J'ai tellement de souvenirs dans cette rue. Des souvenirs qui devraient être derrière moi. Et pourtant, je suis là.

Quels souvenirs Ammy a-t-elle déjà de cet endroit ? L'inquiétude de rencontrer une nouvelle famille. Le ton suffisant de la mère de Rina. Le retour de baignade à Claverack Creek, les vêtements mouillés et la peau brûlée.

« Vous arrivez à destination dans trois cents mètres », annonce le GPS.

Ammy n'a rien dit depuis qu'elle a déclaré qu'elle aurait préféré ne pas me rencontrer. Son silence est la preuve qu'elle le pensait.

Nous avons eu une nuit dont je me souviendrai pendant un long, très long moment, mais c'est terminé. Je ne la reverrai jamais. Et je ne reparlerai jamais à Rina, par peur de lui mentir ou de la blesser davantage.

C'est la dernière fois que j'emprunte Cortland Road.

— Tu devrais t'arrêter un peu avant, déclare Ammy. Je ne veux pas que Kat te voie.

— C'est ce que je comptais faire.

Je me gare devant l'atroce bâtisse rouge que la mère de Rina a toujours détestée.

Ammy détache sa ceinture, puis regarde droit devant elle.

— Je t'aiderais bien à porter ta valise, dis-je, mais ce serait contre-productif.

— Tu n'allais pas me laisser partir sans essayer de porter mes bagages une dernière fois, hein ? répond-elle avec un rire forcé.

Elle tend la main vers la poignée de la portière.

J'ai tellement envie de l'arrêter, de l'attraper et de l'embrasser à nouveau.

Je veux trouver un moyen de construire quelque chose avec elle. Mais comment ? Je n'en ai pas la moindre idée.

AMMY

9 h 48

MES MAINS TREMBLENT EN OUVRANT LA PORTIÈRE. *Littéralement.* Mon cœur bat la chamade. Mon visage est en feu. Et des picotements me parcourent le corps.

— Tu peux ouvrir le coffre ? je demande à Noah.

— Bien sûr, répond-il.

J'enfile mon manteau et trouve enfin le courage de sortir de la voiture. Noah m'imite.

J'attrape ma valise. Dire qu'hier à peine, je la tirais dans la neige. Même si c'est contraire à mes principes, j'aimerais que Noah ait encore l'occasion de la porter à ma place.

Je me tourne vers lui.

— Merci de m'avoir ramenée jusqu'ici.

Il hoche la tête et ferme les yeux un instant.

— N'oublie pas de raconter notre aventure à tes enfants un jour, j'ajoute.

Un minuscule sourire apparaît sur ses lèvres.

— Toi aussi.

Le vent qui souffle dans les branches au-dessus de nos têtes fait tomber de la neige, comme si nous étions encore en pleine tempête. Juste tous les deux.

Noah avance d'un pas et fait mine de vouloir m'enlacer. Craignant le pire, je recule.

— Bonne chance à Hunter. Et dis-moi combien je te dois pour la voiture et le motel. Euh, envoie-moi un message sur Facebook. Mais ne m'ajoute pas parce que…

— Je sais.

Puis je hisse ma valise sur le trottoir et je m'éloigne aussi vite que possible.

Je ne me retourne pas pour ne pas flancher. Pour ne pas faire une dernière erreur.

NOAH

9 h 50

Elle ne se retourne pas. Pas une seule fois. Alors qu'elle tire sa valise derrière elle, je prie pour qu'elle fasse volte-face et revienne en courant, comme dans les films. Je pourrais l'arrêter. Courir après elle, la rattraper, espérer qu'elle ressent la même chose que moi.

Mais ensuite ? Nous nous embrasserions devant la maison de Rina ?

Une voiture passe en trombe et, de l'autre côté de la rue, un type déblaye son allée. Je me sens tout petit, insignifiant. Pour les autres, la vie continue.

Ammy est presque hors de vue. Elle ne se retourne toujours pas.

Un autre homme sort, une pelle à la main. Une femme avec un seau de sel. Une deuxième voiture passe.

Ammy bifurque au coin de la rue et disparaît derrière un arbre.

C'est terminé.

Je ferme le coffre, puis remonte dans la voiture. J'ai l'impression d'être sur pilote automatique. Une porte s'est refermée pour toujours.

Je me connecte à Facebook et trouve facilement Ammy. Sa photo de profil est un gros plan sur son visage. Elle porte un rouge à lèvres flashy. Magnifique. Je suis tenté d'appuyer sur « Ajouter », même si j'ai promis de ne pas le faire.

Il m'aura fallu une panne de train, un bus raté et un trek dans la neige pour l'apprendre, mais je sais enfin ce que ça fait d'être avec une personne qui fait ressortir ce qu'il y a de mieux en soi.

Et maintenant je devrais passer à autre chose ? Je ne peux pas me faire à cette idée.

AMMY

9 h 53

Je tire ma valise sur la pelouse devant la maison, plutôt que sur l'allée en gravier pour ne pas faire trop de bruit – je ne supporte pas l'idée de voir Kat sortir en courant et me demander de tout lui raconter. Je veux entrer discrètement, poser mes bagages et décompresser.

J'observe la superbe maison blanche avec son porche et sa porte rouge. La pancarte en bois « *Namaste* » que Sophie a achetée à Woodstock. Je m'arrête au bas des marches.

J'imagine mon père à l'intérieur, en train de discuter de la cérémonie avec Sophie autour du petit déjeuner.

Il est heureux ici. Je m'en suis rendu compte l'été dernier. Je lui en ai voulu. C'était tellement injuste, après ce qu'il nous avait fait subir.

Mais j'en voulais également à ma mère de s'être effondrée. J'aurais voulu qu'elle s'occupe de moi, comme une maman.

Je m'apprête à ouvrir la porte quand mon portable sonne. C'est ma mère. Mon cœur s'emballe.

— Allô, dis-je en me préparant aux cris et réprimandes habituels.

— Ammy, tu as décroché ! Tu es chez ton père ?

Cette fois, ce n'est pas un mensonge.

— Oui.

Je l'entends reprendre son souffle. Je sais à quel point c'est dur pour elle de m'imaginer ici, avec eux, dans une famille dont elle ne fait pas partie.

— Je ne vais pas te poser de questions sur la cérémonie, reprend-elle. Je sais que c'est une mauvaise idée. Je voulais juste m'excuser d'avoir encore crié. (Sa voix flanche mais elle continue.) Et te demander pardon pour tout ce que j'ai fait depuis qu'il est parti. J'ai appelé mon psy ce matin et je vais recommencer la thérapie. Je sais que je ne peux pas me reposer sur toi. Tu as tout à fait le droit de continuer à voir ton père. Je suis désolée, ma chérie.

Je sens des larmes sur mes joues, sur mes lèvres. Ma voix tremble encore plus que la sienne.

— C'est pas grave, maman.

Entendre ses parents s'excuser est douloureux, parce qu'ils ne sont pas censés se planter. Ça vous transperce jusqu'aux os.

— Je veux que tu saches que je t'aime. Et je ne veux plus jamais que cette histoire avec ton père vienne s'immiscer entre nous. D'accord ?

— D'accord. Je suis désolée de t'avoir abandonnée.

Elle soupire.

— Tu n'as rien fait de mal, me rassure-t-elle. Ton père n'est pas parfait, mais moi non plus. J'essaye de lui pardonner. Sincèrement. J'essaye d'être aussi forte que toi.

À cet instant, je craque. J'essuie les larmes qui coulent à flots.

— Je t'aime tellement, maman.

— Je t'aime aussi, ma chérie. Prends soin de toi et appelle-moi demain.

— Oui.

Après un au revoir, elle raccroche. Je reste plantée là, les yeux rivés sur mon téléphone. Puis je regarde derrière moi. Il est probablement parti depuis longtemps. Mais une pensée refuse de me laisser tranquille : si ma mère peut pardonner à mon père, si elle peut au moins essayer, peut-être que tout est possible. Peut-être que lorsqu'on a la chance de rencontrer quelqu'un qui nous correspond, il faut lui courir après, comme j'ai couru après ce bus dans la neige. Jusqu'à en perdre le souffle.

Je lui ai fait clairement comprendre dans la voiture qu'on ne se reverrait jamais. Mais c'est la bonne décision. La seule décision.

Alors je fais demi-tour, j'attrape ma valise et je presse le pas.

NOAH

9 h 56

Je quitte Facebook, puis tente de trouver quelque chose à écouter sur ma playlist. Je me décide pour Taylor Swift. Rien de tel qu'un morceau de pop pour se remonter le moral.

Je me connecte au Bluetooth quand j'entends cogner à la vitre.

Je me retourne et j'ai le souffle coupé.

Ammy est là, comme je l'ai espéré, comme je l'ai imaginé. Et je ne rêve pas.

J'ouvre la fenêtre.

— Tu as oublié quelque chose ? dis-je nerveusement.

Elle secoue la tête.

— Je peux monter ?

Elle ouvre la portière et se rassoit sur son siège. Ses yeux sont rouges, mais elle semble plus heureuse qu'auparavant. Soulagée, presque.

— Bon choix de musique, remarque-t-elle.

— J'essayais de noyer mes chagrins dans la pop.

Elle éclate de rire.

— Je veux changer de réponse, lance-t-elle.

— Quelle réponse ?

— Mon plus grand regret, dit-elle avec un sourire aux lèvres.

— OK…

— Mon plus grand regret est de t'avoir quitté sans rien dire.

J'ai de plus en plus de mal à respirer. Elle me sourit.

— Enfin, ce n'est pas vraiment un regret puisque je suis revenue, mais ça l'aurait été si je n'avais rien fait.

Je ne sais pas quoi dire. Elle rit encore.

— Tout ça paraissait bien moins bête dans ma tête ! déclare-t-elle.

Je ris à mon tour, mais au fond, mon cœur semble prêt à s'envoler.

Elle me tend un ticket de caisse.

— Qu'est-ce que c'est ?

— Mon numéro. J'aurais pu l'entrer sur ton portable, mais comme je te l'ai dit, le papier est mieux que le numérique. Appelle-moi un de ces jours.

Elle se penche pour déposer un léger baiser sur mes lèvres. Puis elle ouvre la portière et s'éloigne.

ÉPILOGUE

Le train n'a toujours rien de romantique, peut-être parce que ça fait maintenant quatre ou cinq fois que je le prends.

Le trajet depuis Bard n'est pas long : dix minutes de route jusqu'à la gare Rhinecliff, puis deux heures dans l'Amtrak. Bien sûr, rien n'est long comparé à notre épopée de l'hiver dernier.

Ma nouvelle valise est soigneusement rangée sur le porte-bagages. Mon père me l'a offerte pour ma remise de diplômes. L'ancienne était en piteux état lorsque je suis arrivée sur le pas de sa porte en janvier dernier.

Par la fenêtre, le soleil brille de mille feux et les arbres bourgeonnent de jour en jour. Le printemps est magnifique dans cette région. Je m'en suis aperçue quand j'y suis venue aux vacances de Pâques, puis deux semaines en mai. Ma mère n'a pas protesté. Je crois qu'elle a presque apprécié d'avoir du temps pour elle. C'est drôle, mais après ce qui s'est passé en janvier, quelque chose a changé, comme si elle n'était plus consumée par sa colère contre mon père. Tout ne s'est pas amélioré par magie. Elle a encore des crises d'angoisse. Mais nous faisons avec.

Elle a même réussi à soutenir ma décision de m'inscrire à la fac de Bard pour passer plus de temps avec mon père, Sophie, Kat et Béa.

Je fouille dans mon sac à la recherche de mon chargeur pour brancher mon portable. Tout le monde panique désormais quand je suis injoignable en voyage, même si je ne vais pas loin. Au bout d'une minute, mon téléphone se rallume. J'ai deux nouveaux messages.

J'ouvre d'abord celui de ma mère :

Sois prudente à New York ! Garde ton gaz lacrymogène sur toi ! Et dis-moi quand tu arrives chez Kat.

Je ris. Ma mère est toujours stressée par la grande ville. Impossible de la persuader que ses craintes sont infondées.

Le suivant vient de Kat :

Finalement, Joey doit bosser au restau ce soir, on ne sera que toutes les deux ☺

Je souris parce que je sais exactement en quoi va consister notre folle soirée entre filles : une bouteille de vin et un marathon d'épisodes de *Friends* dans sa chambre d'étudiante à l'université de New York. Elle va me parler de Joey, son nouveau copain, en long et en large, même si je l'ai déjà rencontré trois fois. Elle va me raconter leurs projets – et ils en ont beaucoup.

Mais elle est heureuse et ça me rend heureuse.

Lors de ma dernière visite, juste après les fêtes, je lui ai parlé. Alors que nous partagions un pichet de bière dans un bar près de Washington Square Park – pas trop regardant sur l'âge de sa clientèle – et qu'elle s'épanchait sur Joey, j'ai soudain craqué. Je ne pouvais plus garder le secret.

Je lui ai tout raconté : la rencontre avec Noah dans le train, nos baisers ce fameux soir au motel… mais rien de plus. Oui, nous échangions encore des messages parfois. Mais rien d'autre. Parce que nous ne voulions pas la blesser.

Elle m'a demandé quel genre de messages et je lui ai dit la vérité. Qu'il me parlait de ses cours de littérature comparée, du nouveau boulot de son père à l'université. Que j'envisageais sérieusement d'étudier le journalisme, même si ça paraissait à peu près aussi utile que ses études à lui.

Le lendemain matin, j'ai dû reprendre le train plus tôt que prévu pour rentrer à Bard. Elle ne m'a pas adressé la parole pendant deux semaines.

Et puis, elle m'a fait le plus beau des cadeaux. Elle m'a pardonné – *nous* a pardonné.

Elle n'était pas obligée, mais elle l'a fait parce qu'elle tient à moi autant que je tiens à elle.

Je m'apprête à ranger mon téléphone pour me plonger dans un roman quand je reçois un nouveau texto.

J'éclate alors de rire parce que c'est un surnom ridicule, bien trop long. Mais puisqu'il l'aime, je ne peux qu'approuver.

Hâte de te voir, Ammy, douce et belle.

REMERCIEMENTS

Un énorme merci à toutes les personnes qui ont rendu ce livre possible.

À mon agent, Danielle Chiotti, qui a cru à mon idée dès le début et qui a lu d'innombrables versions de l'histoire d'Ammy et Noah. À mes éditeurs, Kelsey Horton et Alex Arnold, ainsi qu'à toute l'équipe de Katherine Tegen, merci pour vos retours et vos notes impeccables. C'est grâce à vous que cette histoire n'a pas déraillé.

Je suis aussi extrêmement reconnaissante à mes amis et ma famille qui m'ont encouragée tout au long de ma carrière. Comme toujours, merci à mes parents et à mes sœurs. Et une dédicace spéciale à Andi Bartz qui m'a accompagnée durant mon voyage de recherche à bord de l'Amtrak – et qui a ri avec moi quand le train a été retardé.

Enfin, merci à Thomas et à notre chien, Farley, pour tous les week-ends, toutes les randonnées, tous les moments passés ensemble dans notre bel État de New York. Sans ces expériences, je n'aurais jamais écrit ce livre.

Ouvrage composé par
PCA – 44400 REZÉ

Imprimé en Allemagne
par GGP Media GmbH
à Pößneck
S28408/01

PKJ. www.pocketjeunesse.fr
• POCKET JEUNESSE

MIXTE
Papier issu de
sources responsables
FSC® C003309
FSC
www.fsc.org

Pocket Jeunesse, une marque d'Univers Poche,
est un éditeur qui s'engage pour
la préservation de l'environnement
et qui utilise du papier fabriqué à partir
de bois provenant de forêts gérées
de manière responsable.